Peter Rosei

Das große Töten

Peter Rosei

Das große Töten

Roman

Residenz Verlag

Bibliografische Information der Deutschen Bibliothek
Die Deutsche Bibliothek verzeichnet diese Publikation in der Deutschen Nationalbibliografie; detaillierte bibliografische Daten sind im Internet über http://dnb.ddb.de abrufbar.

www.residenzverlag.at

Umschlaggestaltung: Ramona Scheiblauer
Umschlagbild: plainpicture
Typografische Gestaltung, Satz: Ekke Wolf, typic.at
unter Verwendung der Schrift Whitman
Gesamtherstellung: CPI Moravia

ISBN 978-3-7017-1530-5

Erstes Buch

1. Ein nicht mehr ganz junger Mann saß vorgebeugt an einem weiß angestrichenen, simplen Küchentisch und betrachtete in Gedanken versunken das Photo eines anderen, eines, im Vergleich zu ihm, jüngeren Mannes. Er hielt das Photo, das mit einer einfachen Leiste aus gebeiztem Holz gerahmt war, in der schweren Hand. Das eine oder andere Mal beugte er sich zu dem Bild vor, wie um zu ihm zu reden oder, wenn möglich, es noch genauer ins Auge zu fassen.

Das verblichene Photo zeigte einen Uniformierten, einen Mann in Uniform, einen Soldaten. Auf dem Käppchen oder Schiffchen, das er schief und unternehmungslustig auf dem Kopf trug, war eine runde Kokarde befestigt, in deren Mitte das Hakenkreuz stand.

Der Mann auf dem Bild lächelte. Oder versuchte er bloß zu lächeln, tapfer zu lächeln, wie man sagt? Seine Lippen standen ein wenig offen, was ihn fast kindlich und jedenfalls unerfahren aussehen ließ. Dieser Eindruck wurde noch verstärkt durch die Ebenheit und offene Durchsichtigkeit seines glattrasierten Gesichtes, durch die etwas abstehenden Ohren. Haare sah man auf dem Bild nicht, nur ein paar ganz kurze, helle Stoppeln rechts und links des Käppchens.

Der Mund war breit, vielleicht ein wenig zu breit im Verhältnis zur Größe des Gesichts, zur Nase – die man erst zweimal anschauen mußte, um sie zu sehen, so unausgeprägt war sie.

Der Mann drehte das Bild um: Auf der Hinterseite, auf grauem Karton, der mit angerosteten Stecknadeln am Rahmen befestigt war, stand, mit Bleistift hingeschrieben: 1939, Oberwart.

Nachdem er diesen Schriftzug eingehend studiert hatte, als enthalte der in seiner Lakonie irgendeine verborgene oder verklausulierte Nebenbedeutung, eine Botschaft, die sich vielleicht gerade an den Betrachter jetzt richtete, senkte der Mann langsam den Kopf, so als bedenke er, was er gesehen, ging er aus der Küche, in der er gesessen war, in die anliegende Kammer hinaus und betrachtete sich im Spiegel, der da über dem Waschtisch hing: Ja – ohne Zweifel: Er sah dem Vater ähnlich!

Warum schaute er das Foto nur so gern an? Waren das nicht Dummheiten?

Langsam ging der Mann jetzt wieder in den anderen Raum, in die weiß möblierte und mit einem Kohlenherd ausgestattete Küche, und setzte sich neuerlich an den Tisch. Er überrechnete, das Bild wieder zur Hand nehmend, wie lang die Aufnahme jetzt zurücklag.

Dreißig, fünfunddreißig Jahre?

Eine kleine Weile studierte der Mann den lose fallenden Uniformrock des Vaters. – War es ein Mantel? In der Mitte war ein großer, runder Knopf, der den Kragen zusammenhielt.

Das Photo war wohl im Herbst oder Spätherbst aufgenommen.

Als der Mann von draußen, vom Hof her, eine Tür, die Eingangstür gehen hörte, hängte er das Photo, das er so ausführlich betrachtet hatte, rasch an den Nagel an der Küchenwand: Dort hing das Bild alle Tage.

»Hallo, Franz!« sagte die Frau, die jetzt geschäftig in die Küche trat.

»Hallo, Mama!« sagte er, ohne indes vom Tisch aufzuschauen oder sich sonstwie freundlich zu zeigen. Die Mutter ging, ihr schwarzes Kopftuch abbindend, an den großen Kühlschrank, nahm eine Flasche Bier heraus, machte sie auf und stellte sie vor ihren Sohn hin.

»Bist frei heute?« fragte die Frau.

»Was dagegen?!« antwortete der.

Das Dorf lag zwischen zwei Bächen ausgebreitet auf einem Hügelrücken, der gegen die Zusammenmündung der Bäche hin abfiel.

Man darf sich keine richtigen, keine munter springenden Bäche vorstellen, bloß zwei Gerinne, die nur im Frühling und im Herbst hoch gehen.

Auf dem sanft abfallenden Rücken zwischen den Bächen stehen, an zwei krummen Straßen entlang, die Häuser des Dorfes.

Das sonntägliche Läuten der Glocken an der Kirche, sie steht in der Mitte der Siedlung, hört man weit in die Felder hinaus.

Vom Dorf weg kann man entweder den Weg an den Gleisen der aufgelassenen Bahnlinie entlang zur Zuckerfabrik nehmen, oder man geht den zweiten Weg, der vom ersten abzweigt und an einem der unreguliert mäandernden Bäche entlangführt.

Im Frühling wachsen unter der Brücke, die über den Bach führt, allerhand Blumen, Vergißmeinnicht, Hahnenfuß, Sumpfdotterblumen. Das klare, um diese Jahreszeit frisch und rein sich ringelnde und fortplätschernde Wasser geht fröhlich und gut, wie es scheint, um die grünen Stengel der Pflanzen.

Es gibt eine Hauptstraße im Dorf; parallel zu ihr gelegen, die Obere Straße.

Schäbig die kleinen Häuser mit grauen, windschiefen Einfahrtstoren, mit lieblos eingesetzten Fenstern und Türen. Der Kirchturm überragt alles um ein Beträchtliches.

Der niedrigere, schlankere Turm des Feuerwehrhauses.

Scheunen, Ställe, Hütten, Gärten.

Anna Wukitsch war die Mutter von zwei Söhnen. Sie lebte jetzt, wie ihr immer einmal vorkam, eine Ewigkeit schon in Kirchdorf, tatsächlich waren es, rechnete sie nach, ein bißchen mehr als dreißig Jahre, ihr ganzes Erwachsenenleben.

Sie selber stammte aus einem der Dörfer in der Umgebung, wo, verstreut da und dort, die weitläufige Verwandtschaft wohnte.

Anna konnte sich gut erinnern an den Ort ihrer Kindheit. – Jetzt, und das heißt seit vielen, vielen Jahren, kam sie nur mehr zum Kirtag und anderen öffentlichen oder familiären Ereignissen in das Heimatdorf zurück.

Einem auswärtigen Besucher mochten alle diese Ortschaften und Dörfer gleich vorkommen, mit ihrem Kirchenbau in der Mitte und den an einer oder mehr Straßen entlang angeordneten, gefärbelten und staubbedeckten Häusern.

Für Anna war, nach so vielen Jahren, noch immer Kirchdorf der fremde Ort, wenngleich sie natürlich da und dort mittlerweile verbunden und ihr Leben eingesunken war in die allgemeinen Gegebenheiten des Dorfes.

Wie gut konnte sie sich noch erinnern an das Gänserupfen der Frauen, ans Wasserholen, das Sortieren der Federn im Winter, wenn sie alle in der Küche beim Herd beisammengesessen waren.

Wie klar und deutlich stand etwa das Bild vor ihr, als sie, auf ihrem nagelneuen Fahrrad, zum ersten Mal die Dorfstraße heruntergefahren war. – Gekauft hatte sie es von ihrem ersten Gehalt.

Wie könnte sie je vergessen die Tage, als sie ihren Josef gerade kennengelernt hatte, es war bei einer Tanzerei gewesen, als er immer einmal gegen Abend an den hinteren Zaun des Grundstücks gekommen war und sie, unter den Zweigen des großen Kirschbaumes da, einander geküßt hatten? – Wie hätte sie das vergessen können?

Viel vorgehabt hatte der Josef. Hatte die Elendswirtschaft, wie er es nannte, hinter sich lassen wollen. Auf Arbeit gehen! – Das war sein Zauberwort gewesen.

Viele aus der Gegend waren nach Amerika ausgewandert. Oder sonstwohin fortgezogen. Gut möglich, daß ganz im Innersten auch der Josef daran gedacht hatte auszuwandern.

Im Wesentlichen gehört der Grund und Boden in der Umgebung von Kirchdorf und überhaupt im Burgenland, wo Kirchdorf liegt, der Kirche und den Adeligen. Zwar zum Ende des Ersten Krieges und mit dem Zusammenbruch der österreichisch-ungarischen Monarchie ihrer

Titel beraubt, haben die Adeligen ihren Grundbesitz behalten. So blieb für die Bauern nicht viel übrig. Ein durchschnittlicher Bauer konnte von den Erträgnissen seiner Wirtschaft nicht leben, sie war zu klein. Derart war es üblich, daß die Männer sich auf dem Bau, beim Straßenbau oder in den Steinbrüchen der Gegend verdingten, und daß die Wirtschaftsführung auf dem Hof im Großen und Ganzen den Frauen zukam.

Für die Arbeit im Steinbruch, in den Hügeln der Gegend wurde Gneis und anderer Baustein gebrochen, war Josef zu schwach. Zwar hatte er einmal, und gern erzählte er davon, mit einer Arbeiterkolonne aus seinem Dorf an einer Straße weit fort, in den Hochalpen, in Vorarlberg, fast schon an der Schweizer Grenze, gearbeitet. Da hatte er ordentlich verdient! Noch dazu in der Zeit der großen Arbeitslosigkeit! – Für die Art Arbeit war er aber nicht gemacht gewesen.

Die fremden Schweizer Berge und die vage Vorstellung von den Weiten von Amerika – in der Hauptsache stellte sich Anna ein großes Feld, einen gewaltigen Acker vor, mit Traktoren, die da erntend auf und ab fuhren, wie sie es einmal auf einem Bild in der Missionszeitung gesehen hatte: Die beiden Bilder verbanden sich ihr zu einem einzigen, einer recht unklar zusammengefügten Landschaft, wenn sie an den Tod von Josef dachte.

Natürlich wußte sie mittlerweile, wie es in Amerika tatsächlich aussah. Sie hatte seit ihrer Kinderzeit zahlreiche Geschichten von den Wolkenkratzern und Hochhäusern von New York, von Chicago, von den großen und weitverzweigten Flüssen, den Ebenen und Gebirgen von

Amerika gehört; die Auswanderer hatten, in Briefen oder gesprächsweise, davon erzählt.

Das Bild, das ihr zum Tod von Josef immer einfiel, das sich stets ganz wie von selber einstellte, waren finstere, schroffe, gleichsam unheilverkündende Berge, die ihre Gipfel in den Himmel reckten. Sie waren, nah und fern, über eine weite und schier endlose Ebene verteilt, die in Annas Vorstellung »Amerika« war.

Tatsächlich war Josef in Rußland gefallen.

Nein, er war nicht in der Partei gewesen. Freiwillig gemeldet hatte er sich nur auf Grund der Hoffnungen, die er mit einem Fortkommen aus Kirchdorf verband.

Insgeheim hatte er sich ausgedacht, er könnte bei der Wehrmacht vielleicht zu einem Kurs zugelassen werden, zum Fahrkurs zumindest, oder sonst zu einer Ausbildung: Die so erworbenen Fertigkeiten könnte er dann im Frieden, in einer friedlichen Zeit, die schon noch kommen würde, gut gebrauchen.

»Was euer Vater für einer war?« – Die Wukitsch beantwortete diese Frage nie wirklich. Das heißt, sie beantwortete sie mit einem wehmütigen Lächeln, das gleichsam die ganze Welt und ihre Möglichkeiten umschloß.

Gemustert war der Josef in Oberwart worden. Dort fand auch die Grundausbildung statt. Obwohl er doch verheiratet war und zwei kleine Kinder hatte, bekam er selten Urlaub.

Zum letzten Mal sah die Anna Wukitsch den Josef auf dem Hauptplatz in Oberwart, wo die Truppe von der Kreisparteileitung feierlich verabschiedet wurde.

Unter einem Wald von Hakenkreuzfähnchen, eine riesige Hakenkreuzfahne war vom Balkon der Bezirkshauptmannschaft aus entrollt worden, waren die Mannschaften zum Bahnhof hinaufmarschiert. Am Rand der Straße, am Rand des dürftigen Stadtparks entlang war Anna neben der Truppe hergelaufen, bemüht, immer auf einer Höhe mit Josef zu bleiben.

Als sie zuletzt zur Hauptstraße hinunter und zum Hauptplatz zurückgegangen war, hatte sie all die fröhlich erregten Gesichter um sich herum, die Marschmusik aus den Lautsprechern, die Schulkinder mit den rot-weißschwarzen Fähnchen in Händen, hatte sie das alles nicht bemerkt und war wie in einem dumpf hallenden Raum vor sich hingegangen, zum Autobusbahnhof hinunter, der an diesem Tag in eine weiter unten gelegene Nebenstraße verlegt gewesen war.

Die letzte Feldpostkarte kam aus Osnabrück in Deutschland. Den komischen Namen hatte Anna sich gemerkt: Osnabrück. – Grüße und Küsse schickte er, Josef.

Viel später, beinah ein Jahr nachdem sie Nachricht bekommen hatte, daß ihr Mann gefallen war, tauchte eines Tages ein anderer, ein Invalid, ein ehemaliger Kamerad von Josef auf. Sie bewirtete ihn in der Küche. Der Mann ging an Krücken. Er stammte aus der Gegend her, aus einem anderen Dorf.

Sie sei doch eine gesunde und vollblütige Frau, sagte der Mann. Der Josef hätte ihm immer von ihr vorerzählt. – Er versuchte ihr dann, über die Jause auf dem Tisch hinweg, über Geselchtes und Brot, an die Brust zu greifen. Da war sie aber aufgesprungen und hatte ihm eine

Ohrfeige verpaßt! Ein wenig über sich selber erschrokken, aber noch immer erbost hatte sie ihm die Tür gewiesen und sich, als er die Tür hinter sich zugemacht hatte, die Schürze glattgestrichen.

Der Mann hatte von Panzern erzählt, groß wie Eisenbahnwaggons, die über die abgeernteten Felder gefahren waren. Schnell, sehr schnell. Und sie, der Josef und er selber und die anderen, seien dahinter her, querfeldein. Man hatte ihnen gesagt, das sei eine einfache Sache, die einfachste Sache von der Welt. – Was? Rennen? – »Sterben.«

*

Schon vor dem Zweiten Krieg hat der Palakovic die besten Geschäfte mit dem damals noch österreichischen Heer, mit der Gendarmerie und Polizei gemacht.

Das Geld für seine Fabrik, für die Uniformnäherei soll er von Wiener Juden bekommen haben. Man erzählte es sich so. Man wußte nichts Genaueres, und Wien ist weit.

Der Palakovic war ja auch nichts weiter als ein kleiner Schneidermeister aus Pinkafeld gewesen, damals. Mit dem Judengeld ist er nach Kirchdorf herein und hat dort seine Fabrik aufgemacht. Die Frauen sind zu ihm arbeiten gegangen, hat er doch den einzigen Betrieb weit und breit gehabt, wo man etwas verdienen konnte.

Aber so richtig ins Geschäft gekommen ist der Palakovic erst mit dem Hitler. Mit der Kreisparteileitung zusammen. Da ist auch Geld geflossen, das weiß jeder. So ist der Palakovic groß bei der Wehrmacht eingestiegen und hat deutsche Uniformen hergestellt. Mit den Juden war es dann natürlich aus und vorbei.

Den ganzen Krieg durch hat das Geschäft floriert. Vor den einrückenden Russen, beim Zusammenbruch, ist der Palakovic auf und davon. Bestimmt hätten sie ihn aufgehängt. Jahrelang hat er in der Steiermark, in der englischen Zone, wieder als kleiner Schneidermeister gelebt.

Dann kam der Staatsvertrag, 1955, und Österreich war wieder ein eigenes, ein freies Land. – In dem Moment ist der Palakovic gleich in Kirchdorf aufgetaucht; und wieder ist er, so sagt man, mit Judengeld aus Wien, mit dem Geld von reichen Juden, ins Textilgeschäft eingestiegen.

Nicht so großartig freilich gleich von Beginn an, aber bald war die Fabrik wieder in Schwung. – Mit den Frauen aus der näheren und weiteren Umgebung hat er auf seinem angestammten Gebiet zu arbeiten und zu produzieren begonnen: Uniformen für Militär, für Polizei und Gendarmerie, und für die Feuerwehr.

Die Wukitsch hat, nachdem sie sich schon vorher mit allerhand Nähereien für sich und die Kinder, die zwei Buben, zur Landwirtschaft gelegentlich dazuverdient hat, vom ersten Tag weg, von der Neueröffnung der Firma nach dem Staatsvertrag, wieder für den Palakovic gearbeitet.

Viele Jahre hat die Wukitsch für den Palakovic gearbeitet. War nie einen Tag krank. In der Hauptsache hat sie Hosen genäht. Hosenbünde – das war ihre Spezialität.

Der Palakovic ist bei der Tür gestanden, in der Früh, beim Einlaß in den großen, schmucklosen Saal, der die

Fabrik gewesen ist. Hat auf die Uhr geschaut. Wer auch nur ein paar Minuten zu spät war, dem hat er eine halbe Stunde abgezogen. Akkordarbeit, aber der Lohn war auf Regie. Der Palakovic hat seine einzigartige Position gut ausgenützt. Zu Weihnachten gab es einen Gutschein zu hundert Schilling – auf Waren vom Palakovic. Da hat man noch Geld dazulegen müssen, wenn man um den Gutschein was kaufen wollte.

Der Palakovic ist ein wendiger, etwas vierschrötiger, nicht weiter auffälliger Mann mit einem sehr breiten Gesicht. Ein Bärtchen über der Oberlippe. Das hat er sich nach einem Vorbild aus einem amerikanischen Film wachsen lassen. Geheiratet hat er eine Bürgerstochter aus Oberwart. Sie hat sich von allem Anfang an für was Besseres gehalten und hat auf ihren Mann heruntergeschaut. Eine Villa hat er ihr gebaut, mit breiter Zufahrt, mit Blumenterrasse, mit Marmorbad, Kristallustern und echten, handgeknüpften Teppichen. – Die Frau ist bald gestorben, an Krebs. In dem Moment hat der Palakovic seinen ganzen Mut verloren, seinen vielberedeten unternehmerischen Mumm: Er hat die Fabrik zugesperrt und ist nur noch zu Haus gesessen. Was er da gemacht hat? – Manchmal ist er nach Ungarn hinüber. Man weiß nicht, was sich dort abgespielt hat. Gesoffen hat er wahrscheinlich. Weiber. Man kennt das. – Abends oder nachts, im hereinbrechenden Abend, ist der Palakovic durch die Straßen gegangen und hat seine ehemaligen Arbeiterinnen, ist er ihnen zufällig begegnet, scheu gegrüßt.

Kirchdorf im Burgenland, im Südosten von Österreich gelegen. An Föhntagen sieht man von der Anhöhe hinter dem Dorf über die offene, durch niedere Rücken gegliederte Ebene hinweg bis zu den Alpen, die sich, Wall hinter Wall, dort erheben.

Von Kirchdorf aus, sind die Berge oder, besser, die Umrisse der Berge dunkel und hart zu erkennen; oder sie sind in Traumlicht getaucht, das die Landschaft, aber auch die Berge märchenhaft verschleiert.

Die Dörfer mit ihren Häusern verschwinden schier in der Weite.

Wirkt aber die Landschaft einmal erdrückend durch ihre Leere, scheint sie, kehr um die Hand, von einer bloß noch verborgenen, doch unterirdisch schon vorhandenen Verheißung zu beben.

Als der Krieg aus war, sollen die Soldaten, die überlebt hatten, aus der östlichen Ebene einfach auf die heimatlichen Berge zumarschiert sein.

*

Die Wukitsch hat zwei Söhne. Der Erstgeborene, Paul oder Pavel gerufen, war von Anfang an ein auffälliges Kind. Er lernte erst sehr spät sprechen. Vielleicht, weil die Eltern immer auf Arbeit waren und nie Zeit für ihn hatten.

Pausbäckig und reglos saß er im langgestreckten Hof vor der Küche auf dem nackten, hartgetretenen Erdboden und sang halblaut vor sich hin: Die Wukitsch hat ihn oft durchs Küchenfenster beobachtet. Kaum aber rief sie ihn an: »Pavel! Pavel!« – oder ging zu ihm in den Hof hinaus, hörte er mit dem Singen auf.

Als der Mann noch lebte, hatten sie auf dem Hof allerhand Tiere gehalten, Gänse und Hühner natürlich,

Schweine, aber auch eine Kuh, eine einzige. Bald konnte Paul die Tierstimmen nachmachen. Er behielt diese Künste aber für sich und übte sie nur aus, wenn er sich allein glaubte.

»Was wird das in der Schule werden?!« sagte die Wukitsch zu ihrem Mann. Lachend hatte der Josef auf die kräftigen Arme und Beine des Buben hingedeutet: »Den nehmen sie bestimmt im Steinbruch! Solche wie den können sie bestimmt brauchen.«

So war es wie ein Wunder über die Familie gekommen, und oft betete die Wukitsch auch sonntags in der Kirche oder dankte dem Herrgott vor dem Herrgottswinkel, wo der Gekreuzigte hing: daß er ihren Pavel so klug gemacht hatte.

In der Schule nämlich war Pavel immer der beste und erste. Obwohl er auch dort nur redete, wenn der Lehrer ihn direkt fragte. Mit den Mitschülern gab er sich nicht ab. Nur mit seinem Bruder Franz, der etliche Jahre jünger war als er und dementsprechend später in die Schule eingetreten war.

Mit seinem Bruder konnte Paul stundenlang spielen. Unter dem großen Nußbaum, der am Rand des Grundstückes stand, wo der Hofraum nach einem Saum wilder Wiese unversehens in Felder und offenes Land überging, hatten sie aus ein paar alten Brettern einen Platz gerichtet, wo sie spielten.

Worum es bei diesen Spielen auch ging, um Kriege und Schlachten meistens, um die Begründung von Reichen und Armeen, deren Untertanen oder Soldaten aus Kieselsteinen und Ziegelscherben bestanden, eines hatten all diese Spiele gemeinsam: Pavel erfand die Regeln, nach denen gespielt wurde, und der kleinere Bruder fand sich damit ab.

Der Platz unter dem Baum am oberen Ende des Hofes, der, von Gebäuden und Mauern eingefaßt, als Wiesenstreifen zu Tor und Eingang hin abfiel, dieser entlegene und unscheinbare Ort, war tatsächlich das Reich der Pavelschen Einbildungskraft.

Es gab nie einen König oder etwas Ähnliches in diesen Spielen. Obwohl doch alles darauf zulief, daß eine Instanz existierte, zu deren Wohlgefallen und Machtgewinn alles geschah.

Franz stellte sowieso nie Fragen. Er war schon froh, wenn er nur mit seinem Bruder beisammensein konnte. Wenn der sich dazu hergab. Paul hatte eine Art, sich zurückzuziehen, etwa auf den Ast eines Baumes oder hinten in der Wiese in ein Grasnest. War er erst einmal dort, war es unmöglich, seinen Sinn zu ändern.

Beim Spielen versuchte er, ganz wie sein Bruder, möglichst viele der Scherben und Steine anzusammeln und damit reich und mächtig zu werden. Das jeweilige Ergebnis zeichnete er mit einem Stock in der Erde auf, zur Beurkundung. Er war sehr genau dabei. Abends aber, wenn die Mutter sie ins Haus und zum Essen rief und Franz abrechnen wollte, löschte Paul das Register mit dem Fuß einfach wieder aus.

Da die Wukitsch eine regelmäßige Kirchgängerin ist, müssen auch die Buben jeden Sonntag zur Kirche gehen. Der kirchliche Jahreskreis gibt das Muster des dörflichen Lebens. Bald schon dürfen Paul und sein kleiner Bruder den langen Schleier der Muttergottes, der Himmelmutter, tragen, wenn sie, eine bunt bemalte Holzstatuette mit einem goldbesternten Reifen um die Stirn, bei der Feiertagsprozession im Frühjahr langsam durchs festlich herausgeputzte Dorf getragen wird.

Im nächsten Jahr nimmt der Pfarrer Paul als Ministranten an, kurz darauf auch den Bruder.

Der blumenverzierte Baldachin, den die Männer zur Prozession ausspannen und dann über dem Priester hertragen müssen.

Der Priester wiederum hält, in ein reichbesticktes Messgewand gehüllt, die Monstranz mit ihren goldenen Strahlen.

Der Ministrant geht rückwärts, er opfert der Monstranz, die im Sonnenlicht leuchtet, mit Weihrauch aus dem Weihrauchfaß.

Dabei muß er aufpassen, daß er nicht stolpert.

Bald wendet der Wind die vom Himmel herunterhängenden Säume oder Bordüren und hebt sie leicht auf.

Jetzt fällt Licht auf die frischgebrochenen Zweige, die die weißgekleideten Mädchen in Händen halten.

Jetzt gehen die schwankenden Blätter durcheinander – hell und dunkel.

Zwei wichtige Vorfälle gab es in der ansonst nicht weiter auffälligen Kindheit der beiden Jungen: Zum einen ließ Franz, er mochte etwa zwölf damals gewesen sein, Geld aus dem Klingelbeutel in der Kirche mitgehen. Nicht viel – bloß ein paar Groschen. Der Pfarrer griff mit Strenge durch, und Franz wurde vom Ministrantenamt entlassen.

Nicht lang darauf, und wer weiß, hatte die Krankheit in der unehrenhaften Entlassung des Bruders ihren Anlaß, eines Tages legte Paul sich abends zu Bett, aber am Morgen, als es zur Schule gehen sollte, konnte er nicht aufstehen. Er klagte über starke Schmerzen. Als man die Temperatur maß, zeigte sich, er hatte hohes Fieber.

Der Arzt, ein gewisser Doktor Kopitzky, mußte aus Oberwart herbeigerufen werden, weil in Kirchdorf kein Arzt war.

In der Zeit der Besatzung durch die Russen war das Herbeirufen und Kommen eines Arztes gewiß nichts Selbstverständliches: Man mußte auf der Kommandantur eine Bescheinigung ausstellen lassen. Die half aber oft auch nicht weit, weil die Kontrollposten unterwegs, an jeder Weggabelung, jeder Brücke aufgestellt, immer etwas auszusetzen fanden oder einen einfach ohne Begründung abwiesen.

Die Rote Armee war wenig beliebt. Als die Soldaten in ihren erdbraunen Uniformen ins Dorf hereingewimmelt waren, hatten die Einwohner, oft von schlechtem Gewissen zusätzlich verunsichert, radebrechend, mit Händen und Füßen gestikulierend sich zu verständigen gesucht, um Plünderungen und andere Bedrängnis möglichst von sich abzuwenden.

Beim Doktor Kopitzky war es freilich etwas anderes: Er galt als eingeschworener Kommunist, war bekannt als der einzige Kommunist im Bezirk, wenn nicht im Burgenland überhaupt.

Wäre er nicht Arzt gewesen und hätten ihn die Kranken der Gegend nicht so bitter benötigt, man hätte ihm seinen Kommunismus nicht durchgehen lassen, wär' ja noch schöner, die Leute hätten sich, gläubig und zusätzlich verhetzt, wie sie waren, offen gegen ihn gestellt; zumindest ausgelacht und geschnitten hätten sie ihn.

Die Russen jedenfalls ließen den Doktor Kopitzky überall und rasch passieren, es war also zum Wohl des weitläufigen Sprengels, daß er, wie man es auch drehen und wenden mochte, Kommunist war: Seine Überzeugung wurde bald als verzeihliche Abwegigkeit betrachtet, als Macke oder Schrulle, wie sie sich nur höhergestellte Leute leisten können. Und außerdem: Derlei Macken stellen sich für gewöhnlich ja auch nur bei solchen Leuten ein.

Am Doktor Kopitzky gab es wenig Auffälliges. Ein kleiner, weißhaariger, ruhiger, ja verschlossener Mann. Er trug einen Kinnbart. – Im übrigen undurchsichtig, der Mann. Seine rechte Hand zitterte ab und zu. Wo er das herhatte? – Äußerlich hielt er sich tadellos, war gepflegt.

Er ging kaum unter die Leute, jedenfalls nicht ins Wirtshaus.

Abends hörte man ihn in seiner über der Ordination gelegenen Wohnung musizieren. Er spielte auf der Geige, und dieses Spiel drang auf die Gasse herunter.

Einmal hatte die Zugehfrau, Kopitzky war unverheiratet und ohne jeden Anhang, ihn zufällig in der Wohnung aus dem Bad treten sehen – nur in Pyjamahosen und mit nacktem Oberkörper. Da hatte sie, o Wunder, gemerkt, daß die Haare auf der flachen, ein wenig eingefallenen Brust des Kopitzky gar nicht weiß waren wie die an seinem Kopf und Bart, sondern, ganz im Gegenteil, schwarz und reichlich wuchernd. – Die Sensation hatte die Runde in Stadt und Bezirk gemacht. – Was es nicht alles gibt?!

Kopitzky stammte nicht aus Oberwart, nicht aus der Gegend her. Nach dem Krieg war er, zusammen mit den Russen, in Oberwart aufgetaucht: ein blasser, halbverhungerter Mann, dem die Knöpfe am Rock gefehlt hatten und der sich mit einem Skalpell, einziger Hinweis auf und Beweis für seine medizinische Profession, herunterhängende Fetzen von den zerrissenen Stiefeln geschnitten hatte.

Wo er herkam? Einem Ausweis nach aus Galizien, aus der Stadt Sokal. Das sagte niemandem etwas. Dazu war der Ausweis von einem Kommando der Roten Armee ausgestellt und daher der Bezirkshauptmannschaft, und nicht nur ihr, wenig vertrauenswürdig.

Da aber kein anderer Arzt verfügbar war, wurde der Kopitzky zum Sprengelarzt bestellt.

Pauls Krankheit wollte nicht weichen. Erst hatte er eine Lungenentzündung, dann kam eine Wassersucht dazu, alles verbunden mit starkem Husten und ständigem Fieber.

Der Doktor Kopitzky besuchte seinen kleinen Patienten oft. Er saß dann an seinem Bett und strich sich nachdenklich über den sauber zurechtgestutzten Bart. Manchmal brachte er gar eine kleine Süßigkeit mit.

Paul war damals an die zwölf Jahre alt und schon recht verständig. Sie unterhielten sich ein wenig, der Doktor verstand es, den Buben aus der Reserve zu locken. Mag sein, daß die gute Art des Kopitzky, seine förmlichen Kleider und Manieren dem Knaben Zutrauen einflößten.

Einmal fragte Paul, was es denn mit diesem, diesem Kommunismus auf sich habe? Er wurde ganz rot über die vorlaute Frage und brachte sie kaum heraus.

Der Doktor antwortete ihm gutmütig und direkt: »Die Menschen haben immer schon versucht, sich ein Paradies einzurichten. Jetzt versuchen sie es wieder. Und zwar auf Erden.«

Auf Anraten des Doktors führte der kleinere Bruder den Paul, blinzelte die Sonne auch nur ein wenig hervor, auf der Schiebetruhe in den Hof und auf die Wiese hinaus und ließ ihn dort, auf Pölster gebettet und in Decken gehüllt, im Halbschatten ruhen. Da lag Paul dann, blaß und weiß, ohne ein Wort zu reden. Franz hielt sich in seiner Nähe.

»Frische Luft! Frische Luft vor allem«, betonte der Doktor immer wieder, in seinem, in den Ohren der Einheimischen und also auch denen Pauls, seltsam klingenden Deutsch.

»Der Doktor Kopitzky spricht richtiges Burgtheaterdeutsch!« hatte der Pfarrer eines Tages widerwillig zu den Buben gesagt.

Im Grund genommen blieb der Doktor Kopitzky den Bauernkindern und also auch Paul unheimlich. Er war ein Fremder.

Manchmal stand der Doktor in der Tür zum Hof und rauchte eine Zigarette, ehe er sich zu seinem nächsten Besuch aufmachte.

Da kam dem Paul bei Gelegenheit vor, daß er es rund um den Doktor grell und bunt strahlen sehen konnte, in allen Farben des Regenbogens: Das war die Hölle dort drüben. Die Hölle! Genau wie er es im Religionsunterricht gelernt hatte.

Draußen lag der Hof.

Wenn der Doktor, wie immer korrekt, in seinem stets wie frisch aufgebügelt wirkenden Anzug, wieder ins Zimmer trat, um sich zu verabschieden, sah es vor der Tür draußen aus wie immer: Die Wiese leuchtete grün. Die Begrenzungsmauer zum Nachbarn war weiß. Alles stand still und fest.

Franz war seinem Bruder jetzt, da er krank lag, womöglich noch mehr ergeben als vorher. Von den Buben des Dorfes seines Vergehens wegen geschnitten, er hatte das gestohlene Geld im übrigen für Süßigkeiten und Tand verbraucht, sah er sich ausschließlich auf den Bruder verwiesen.

Freilich, dessen ewige Schweigerei konnte einem doch auf die Nerven fallen: Seine Geheimniskrämerei! Seine Verbohrtheit.

Und doch, wenn Franz ihm oben im Garten, auf den Fersen hockend, an die Bretterwand gelehnt, irgendwelche Geschichten erzählte, fand er nichts Feindseliges am stummen Daliegen des Bruders.

»Sie haben dir unrecht getan!« sagte Paul einmal, aus seinem Vorsichhingrübeln auffahrend.

*

Der gelbe Gräf-und-Stift-Autobus fährt in das weite Rund des Dorfplatzes ein. Aus der Lache da, am Waag-Haus, flüchten sich schnatternd Enten und Gänse, und gleich daneben raucht Staub auf.

Am Haltezeichen für den Bus, und mitten in der prallen Sonne, die jetzt, Anfang September, noch recht brennt, steht die Wukitsch mit ihren beiden Buben, dem Franz und dem Paul, und neben ihnen steht ein Koffer.

Den Koffer hat die Wukitsch in Oberwart gekauft, im einzigen Kaufhaus dort. Ein guter, strapazfähiger Koffer aus Vulkanfieber. Ja, grade so hat der Verkäufer gesagt. Preiswert.

»Sei brav!« sagt die Wukitsch zum Paul, als der sich schon der offenen Tür des Autobusses und den Stiegen ins Innere zuwendet. In dem Moment, wo sie es sagt, findet sie es auch schon überflüssig: Der Paul hat ihr nie und mit nichts Sorgen oder Scherereien gemacht.

Auf Anraten des Herrn Pfarrer, und weil er, Paul, ein so guter Schüler ist, und auch, weil es ja die einzige Möglichkeit ist, kommt Paul ins bischöfliche Internat nach Eisenstadt. Er tut sich ganz leicht da, kann sich problemlos in die Schul- und Klassengemeinschaft einfügen.

Seine Verschlossenheit, die verschwiegene Undurchdringlichkeit seines Wesens wurden von den Oberen als Zeichen innerer Einkehr und Bescheidung aufgefaßt, und sie begünstigten ihn.

Nach der Matura übersiedelte er vom bischöflichen Internat in Eisenstadt ins Priesterseminar und an die Universität in Wien. Er sollte Theologie studieren. Er wurde nicht groß gefragt. Alles lief im Geleise. Es schien ausgemacht, daß er Priester werden würde.

In dieser ganzen Zeit, und sie umfaßte eine Reihe von Jahren, kam Paul nur selten nach Kirchdorf zurück, und nur in den Ferien. Für Extrabesuche gab's kein Geld. Auch in den Ferien saß er meist über den Büchern. »Er muß lernen, lernen, lernen!« sagte die Mutter mit Betonung und stellte ihm verstohlen einen Teller mit selbergebackenem, süßem Gebäck auf den Tisch. Im Grund wußte sie nicht, wie sie sich zu ihrem Sohn, dem Studenten, stellen sollte. Stolz war sie auf ihn, ja stolz.

Damals, als der gelbe Bus vom Hauptplatz abgefahren war und den Paul in ein neues und fremdes Leben fortgeführt hatte, hatte sie mit ihrem abgebundenen Kopftuch gewinkt und versucht, die Tränen hinunterzuschlucken.

Mittlerweile hatte sie sich daran gewöhnt, daß er fortgegangen war, in ein Leben, von dem sie nichts wußte, das sie nicht verstand.

Verstohlen schaute sie zu ihrem Buben hin.

Sie wußte nicht, was mit ihm reden. War Paul zuhause, ging die Wukitsch gleichsam auf Zehenspitzen. Beim kleinsten Mucks war sie zur Stelle. Nachts schlief sie schlecht. Sie lag in ihrem Bett und überlegte hin und her, wie sie es denn zeigen könnte, daß sie ihn, den Paul, genauso gern hatte wie seinen Bruder.

Franz war in Kirchdorf geblieben, hatte in Oberwart die Hauptschule besucht und arbeitete jetzt in einer Spedition. Als Platz- und Lagerarbeiter. Nebenher half er in der Wirtschaft.

Ein grober Klotz war er geworden, der Franz. Mürrisch und wortkarg. Er hatte kaum Freunde im Dorf. Im Wirtshaus saß er allein bei seinem Bier.

Dabei hatte er sich früher so gern mitgeteilt.

*

Auf dem Priesterseminar in Wien tat Paul sich von Anfang an nicht gut. Er verschloß sich womöglich immer noch mehr, blieb oft tagelang in seinem Zimmer, wurde störrisch.

Was in Eisenstadt noch als eine Form der Bescheidung, ja als eine Art von früher Askese durchgegangen war, wurde jetzt als Ungehorsam, als Widerspenstigkeit, ja als freche Arroganz aufgefaßt.

Zureden half nichts.

Der Leiter des Seminars zitiert Paul zu sich und stellt ihn vor die Wahl: Entweder er fügt sich in die Ordnung ein. Oder er muß gehen. – Wie er sich das denn vorstellt?

Er bekam keine Antwort. Mit gesenktem Kopf, den Blick zu Boden gerichtet, stand Paul in seinen dürftigen Kleidern vor ihm: ein junger Mann jetzt mit vollem schwarzem Haar, mit geraden Gliedern und blanken Augen und einem ebenmäßigen, für einen Mann vielleicht ein wenig zu schönen Gesicht.

Für dieses eine und letzte Mal, wie er sagte, ließ es der Rektor mit einer Verwarnung gut sein.

Der Doktor Kopitzky, der Sprengelarzt, hatte schon früher ein trauriges und von den Leuten vielbetratschtes Ende genommen.

Nachdem es in Ungarn zum Aufstand gegen das Regime dort gekommen war, und als, auf der Flucht vor den russischen Panzern, tausende Flüchtlinge über die Grenze und in die anliegenden österreichischen Bezirke hereingeflutet waren, erst recht nach der Aufrichtung der elektrischen Zäune und Sprengfallen entlang der Grenze

– was bald schon Eiserner Vorhang genannt wurde –, fiel es wie ein Schatten in das Leben des Doktor Kopitzky. Er, der immer schon zurückgezogen und auf sich selber verwiesen gelebt hatte, ging nunmehr kaum auf die Straße, und immer nur dann, wenn er zu einem Kranken gerufen wurde. Dann schloß er von einem Tag auf den anderen die Praxis – sehr zum Bedauern der Klientel.

Aus gesundheitlichen Gründen, stand auf dem Zettel, der mit Leukoplaststreifen an der Ordinationstür befestigt war.

Der Doktor Kopitzky brachte sich eines schönen Tages um. Schoß sich mit einer russischen, ausgerechnet, Armeepistole durch den Kopf.

Es kam dann heraus, daß er mitnichten aus Sokal in Galizien gewesen war. Das hatten die ganz Gescheiten ja immer schon vermutet.

Der Kopitzky war ein Jude, ein Jude aus Wien.

Daß er ein Jud war, hatten viele geargwöhnt.

Es kam heraus, daß er mit seiner Familie gebrochen hatte, was Genaueres wußte man nicht; und es interessierte, sobald das Wichtigste heraus war, auch keinen. Ein Jud eben.

Er, der Kopitzky, so viel ersah man aus den Papieren, hatte in Wien studiert. Doktor der Medizin.

Das hatte ihm wenig genutzt, ebensowenig wie der Umstand, daß er etliche Jahre am Allgemeinen Krankenhaus in Wien gearbeitet hatte. Nach dem Einmarsch der Deutschen in Österreich war er ins Lager verbracht worden, erst nach Theresienstadt, dann ins Konzentrationslager Auschwitz.

Wie man sieht: Er hatte überlebt.

Offenbar, mutmaßten ein paar Weichherzige, die sich die Mühe solcher Mutmaßungen überhaupt machten, konnte und wollte der Doktor nach den Vorkommnissen in Ungarn und anderswo im Osten einfach nicht weiterleben, so ganz ohne Hoffnung und Aussicht darauf, daß die schönen Erwartungen, die er an den Kommunismus geknüpft hatte, sich nicht hatten erfüllen wollen, oder jedenfalls nicht so, wie er sich das erträumt hatte.

2. Von klein auf war Paul umgeben gewesen von der Atmosphäre des Traums.

Viel später, nach Jahren eines solchen Lebens, wollte dem Paul vorkommen, als sei die verträumte Seele, die er einmal gewesen war, bloß Abbild – oder Teil – der großen Natur gewesen, in der er aufgewachsen war, die ihn als Kind stets umgeben hatte.

»Ich war immer ein Träumer«, sagte er lächelnd und ein wenig kokett.

Vielleicht hatte er sich auf seine stumme Umgebung, den Hof, die Pflanzen und Tiere verwiesen gesehen, da der Vater bald gefehlt hatte und die Mutter sich nur wenig um ihn, um die Kinder überhaupt hatte kümmern können: Wie hätte er da anders bestehen sollen als mit Traumkräften?

Nach einem weitverbreiteten Aberglauben sind Träumer ganz besonders empfindsame und lyrische Naturen.

Beim kleinen Paul trat früh das Abweisende, Unverbindliche, ja bisweilen Feindselige am Träumer zutage. Er redete nicht gern und nur, wenn er direkt angesprochen wurde.

Am liebsten schaute er in sich selber hinein, in das bunte und verwirrende Theater da drinnen, wo er sich bald als Zuschauer, bald als Akteur betätigen konnte.

Was er eigentlich war und wollte, blieb ihm verborgen und ganz unbekannt.

Das eindrücklich sich zeigende Schöne war der vielleicht reizendste Aspekt dieser inneren Welt.

Die wirkliche Welt, sie war gar nicht schön; oder doch höchstens bisweilen.

Dann nämlich, wenn es gelang, das Traumferment gleichsam unbemerkt und unmerklich in das von außen Kommende einzuträufeln: Da wurden die Blätter eines Baumes mit einem Mal zum rauschenden Wald, ein Käfer konnte sich zum Flugzeug oder Panzer auswachsen – es war plötzlich Krieg, und die oft mitangehörten Geschichten verwandelten sich zu großartigen Epen.

Franz, der Bruder, der hatte ursprünglich gern geredet und war eine rechte Plaudertasche gewesen. – Paul hatte ihn reden lassen und kaum hingehört.

Insgeheim nämlich war stets ein gut verfaßter Plan dem Tun und Treiben des Paul unterlegt gewesen, so wenig es auch äußerlich den Anschein gehabt hatte.

Charaktere wie Paul besitzen die Eigenschaft, ihre eigenen Gefühle und Gedanken, sind sie erst einmal da, gleich wie etwas Fremdes betrachten und abhandeln zu können. Rasch wandelt sich das Gedachte zum Bild, das, ganz wie ein fremder Gegenstand, nun seinerseits in der Seele – einmal angenommen, es gibt ein solches Feld – die ihm eigene Macht entfaltet. Diese Macht, sie ist die Macht des Träumenden selbst. Doch erscheint sie ihm als fremd und unzugehörig. Sie kommt immer von außen. – So kann der Träumer, träumend, die genauesten Pläne schmieden und auch, wo nötig, hart und entschlossen verfolgen: Er selber, er träumt ja bloß.

Franz bekam diese Eigenschaft des Bruders bald zu spüren. Paul zog sich zurück.

Franz wurde rasch grober und stumpfer – ganz im Gegensatz zum Bruder, der sich ebenso rasch verfeinerte.

Franz sank so recht ein in die Welt, die ihn umgab.

Hätte er nicht das gleichsam in Märchenlicht getauchte Bild des Vaters gehabt – den er doch in Wirklichkeit nie, nicht für einen einzigen Tag seines Lebens gesehen hatte und nur aus Erzählungen und von den paar Photographien her kannte, die im Haus aufbewahrt wurden: Er hätte nichts gehabt als eben die allerderbste Evidenz, daß er am Leben war.

Später soll er dann, verheiratet, Vater von mehreren Kindern, landläufig glücklich geworden sein.

Es gab indes eine Stelle im frühen Leben des Franz, die für Paul höchst bedeutungsvoll war. Da war eine Art Scharnier, mit dem ihrer beider Leben fix verbunden waren.

Es war die Geschichte mit dem Diebstahl in der Kirche, dem Diebstahl aus dem Klingelbeutel, den Franz begangen hatte.

Daß der Pfarrer Franz nicht verzieh und verzeihen konnte – für Paul, der oberflächlich sich einfügte, innerlich sich aber ganz auf die Seite von Franz, auf die Seite des Verbrechers schlug – für Paul war das unnachgiebige Verhalten des im übrigen geachteten, ja geliebten Pfarrers selber verbrecherisch. Der Pfarrer, dem er früher gern zugegangen war, wurde ihm fremd. Er scheute vor ihm und mied ihn von da an, wenn er nur irgend konnte.

Die Erzählungen vom Krieg bewegten Paul sehr. Den gleichförmigen Abläufen, dem Stumpfsinn des Dorfes entsprang für ihn selten etwas, das ihn wirklich aufwühlte, ihn wirklich bewegte. Es passierte ja so wenig. – Aber da war doch auch die große Gegenkraft, eine tiefgegründete Beharrlichkeit in ihm, was von außen kam, abzuwehren.

Wenn Paul etwa hörte, Papa ist gefallen – und er hörte es oft –, versuchte er sich das vorzustellen: Jemand fiel hin. Gut. Aber, in dem Fall, stand er nicht wieder auf. – Das war traurig.

Aus der momentweise empfundenen Verlassenheit – weil der andere gefallen war, stand man allein – entfalteten sich Landschaften, in denen außer Feldern und Gras nichts wuchs. Der Wind wehte über die Ebene. Trockenes Rascheln. Wolken trieben über einer flachen und leeren Gegend ohne Dorf oder Straßen. Wege liefen in dieser Landschaft, von denen nicht abzusehen war, woher sie kamen und wohin sie zuletzt führen würden. Man hatte sie einfach zu gehen, und zwar bis ans Ende.

Nachdrücklich eingeflößt und langsam beinah dem Eigenen anverwandelt, lagen unter den von den Kriegsgeschichten inspirierten Phantasien und Vorstellungen die guten, verläßlichen Gegenden der Religion und einer primitiven Moral, wie sie von der Mutter und letztlich auch von der Kirche vertreten wurden.

»Er hat ein gutes Herz, der Paul!« dachte die Wukitsch oft, wenn sie ihn etwa im Hof ein krankes Kücken liebevoll versorgen sah, oder wenn er, im Halbdunkel des Stalles, der einzigen Kuh, die sie eingestellt hatten, zusammen mit leise gemurmelten Begütigungen hochaufgetürmte Gabeln voller Heu in die Raufe warf.

Die Schicksale und heiligen Geschichten des Jesus wurden dem Paul ihrerseits bald zum Vorwurf, den er auf der inneren Bühne seiner Seele mit Freuden nachspielte. Und das um so freudiger, als er bald merkte, daß die Welt rund um ihn herum nicht von diesen Geschichten und ihrer Absicht, wie sie vorgab, sondern von etwas anderem bestimmt wurde.

In seinem Inneren entstand für kurze Zeit tatsächlich eine Welt der Güte und Liebe, die aber, in trefflichen Verkleidungen, in der Hauptsache aus den süßlichen Gefühlen der Rührung bestand, die seinem Gemüt immer dann so reichlich zuflossen, wenn er, der heiligen Regel folgend, versucht hatte, gut zu sein.

In der Schule war Paul ein Streber. Einer, der ganz für sich allein und nur auf sich selbst konzentriert lernt. Das brachte ihm viele Erfolge und manche Belobigung ein. Er wußte viel. Sein Status als Lernender war aber auf doppelte Weise unterminiert.

Er konnte jede Ordnung, und also auch die der Schule, nur insoweit akzeptieren, als sie ihm, in Umkehrung ihres eigentlichen Sinns, Zeiten und Orte garantierte, an denen er ungestört sein würde.

Er spielte den Ordentlichen und unterwarf sich der Ordnung scheinbar ganz leicht. Er hielt die Ordnung hoch, gerade weil er im Grunde der Unordnung zugetan war.

Im bischöflichen Internat kam es zu folgendem Vorfall: Einer der körperlich schon ausgewachsenen Schüler, ein großer und roher Kerl, hatte sich einen Spaß daraus gemacht, sich jeden Tag einen der kleineren Schüler aus den unteren Klassen herauszusuchen und ihn tüchtig zu verprügeln. Das geschah immer im Waschraum, wo die Knaben sich morgens wuschen.

Eines Tages stellte Paul den Kerl zur Rede. Aber damit nicht genug: Er griff ihn an, schlug ihn windelweich, verprügelte ihn so, daß der zuletzt nicht einmal mehr die Hände vors Gesicht heben konnte.

Der Ring aus Neugierigen und Schaulustigen, der sich im Zwielicht des Baderaumes mit den schmierigen, dunstbeschlagenen Fliesen rasch um die Raufer gebildet hatte, franste schlagartig aus, das Licht wurde wie durch einen schlimmen Zauber auf einmal sehr hell, die Mitschüler hatten sich verlaufen, und Paul war allein mit seinem Widersacher, der mit blutig geschlagener Nase, mit von Tränen überlaufenen Backen vor ihm stand.

Dieser Anblick, weit mehr als die Strafe, die vom Präfekten des Internats zuletzt über ihn, ja ihn allein ausgesprochen worden war, war es, der Pauls Idee von der Gerechtigkeit zuletzt gänzlich ins Wanken brachte.

Schon die strenge Bestrafung des Bruders hatte Pauls Glauben an die Gerechtigkeit Gottes, erst recht an menschliche Gerechtigkeit untergraben.

Wenn er sich jetzt auch tausendmal sagte, ich hab' den Kerl doch verprügelt, weil ich mit den von ihm geprügelten Buben Mitleid hatte – er fühlte doch ganz genau, daß es da andere Gründe gab, die ihn zum Zuschlagen veranlaßt hatten.

Im Grunde genommen war er damals ganz haltlos. War auf nichts Spezielles aus, hatte nichts vor und lebte nur so.

Die allereinfachsten Dinge waren ihm fragwürdig. Manchmal kam es ihm vor, als sei er vor einem Augenblick erst auf die Welt gekommen.

Andererseits hatte er öfter das Gefühl, seine Haut hätte sich verdickt, krankhaft verdickt, als fühlte und erlebte er infolgedessen rein gar nichts; schleppte sich bloß, Ruck um Ruck, wie es eben kam, auf der von anderen ihm vorgezeichneten Bahn fort.

Er lebte von allem abgetrennt, sogar von sich selbst, und schaute nur zu.

Nichts tat ihm weh.

Doch manchmal zog er eine diffuse, dann hell und klar aufperlende Freude aus dem Umstand, daß er lebte. Das wunderte ihn. Er war wie vor den Kopf gestoßen von dieser Freude.

Was, wenn er tot gewesen wäre?

Der Gedanken ließ ihn gründlich kalt, fand nicht zu seinem Herzen. Überhaupt schüttelte er alle Fragerei bald von sich ab: Er war da. Hatte keine Macht, keinen Einfluß – gerade in dieser Auffassung gefiel er sich manchmal, und wie zum Spiel – war nur Partikel, Teilchen, verformbare Masse – war, faßte man es genauer ins Auge, Opfer: Daß er einen Namen trug, war ihm bloß Beweis dafür, daß er, sich selber fremd, nicht sich selber gehörte.

Es wunderte ihn öfter, daß er doch froh sein konnte und frei atmete.

So schauspielerte er vor sich hin.

3. Als im Priesterseminar alles auf Messers Schneide stand und Paul vom Ausschluß bedroht war, trat ein neuer Zögling ein.

Der junge Mann stammte aus Niederösterreich, und zwar aus dem Waldviertel. Diese Abstammung war, wie sich dann herausstellte, eine zufällige, jedenfalls unklare: Lukas Obermüllner, wie der Neue hieß, war ein Waisenkind. In den Wirren der letzten Kriegstage – Flüchtlinge und durchziehende Truppen hatten die Ordnung durcheinandergebracht, ja aufgelöst – war er auf den Stufen des Bürgermeisteramtes einer kleinen Stadt gefunden worden, eingewickelt in Lumpen und laut schreiend. Man hatte nicht gewußt, wohin mit dem Bündel, mit dem weggelegten Säugling; so hatte man ihn schließlich zu den Nonnen eines am Stadtrand gelegenen Klosters gebracht.

Lukas hieß er, weil das der Patron seines Fundtages war; und Obermüllner nach dem Bürgermeister, den die Behörden späterhin zu seinem Vormund bestimmten.

Obermüllner und Paul Wukitsch lernten einander beim gemeinsamen Mittagessen kennen. Das Essen war so organisiert, daß man sich mit einem Teller bei der Durchreiche anstellen mußte, den gefüllten Teller dann an einen der großen Tische herübertrug. Zufällig waren die beiden hintereinander zu stehen gekommen, und so setzten sie sich denn auch gemeinsam an einen der Tische.

»Wo bist denn her?«

Nachdem sie sich ein wenig miteinander bekannt gemacht hatten, kamen sie bald auf ein Thema zu sprechen, das alle damals bewegte: Die Amerikaner waren in Südvietnam – in Indochina, wie man damals sagte – einmarschiert und versuchten von dort aus, den von Kommunisten regierten Nordteil des Landes zu erobern.

Ob das denn gerecht sei, daß ein so großes Land wie die USA über ein so kleines wie Nordvietnam herfalle? Ob denn, selbst wenn man das für gerecht ansehe, die Anwendung von Gewalt grundsätzlich zu rechtfertigen sei?

»O ja!« meinte Paul: »Es gibt ein Unrecht, das so arg und himmelschreiend ist, daß man alles daran setzen muss, es zu beseitigen.«

»Und wenn du selbst dann ins Unrecht kommst?«

Sie wurden in der Frage natürlich nicht einig. Eine Weile saßen sie noch in dem großen und eher dunklen Raum zusammen, durch etliche Fenster, die auf eine schmale Innenstadtgasse hinausgingen, fiel ein wenig Licht herein, die Teller der Seminaristen klapperten auf den kahlen Tischen, einmal schaute der Rektor vorbei, er schritt in seiner schwarzen Soutane zwischen den

Tischen hindurch, ein großer, über die Maßen beleibter und würdevoller Mann: Er nickte den beiden im Vorübergehen zu.

»Wie lang bist du schon hier?« fragte Lukas.

»Lang schon.«

»Wie lange?«

»Drei Jahre.«

Sie verabredeten sich für den Freigang am Samstag.

Der Nachmittag war regnerisch, und sie traten, mehr des nun einmal gefassten Entschlusses wegen als aus Unternehmungsgeist, bei diesem Wetter und überhaupt, auf die leere Straße hinaus. – Samstag war Schlaftag für die arbeitende Bevölkerung, die Geschäfte hatten geschlossen.

Auf der Freyung blies ein unfreundlicher Wind gegen sie her. Wie sie da so nebeneinander hergingen, fühlten sie, wie fremd sie einander waren. Das wenige, das sie bislang einander anvertraut hatten, zählte jetzt nichts. Paul, der ohnehin nicht zum Reden aufgelegt war, verfiel bald in sein übliches, hartnäckiges Schweigen, das bald etwas Feindseliges annahm. Um ein Haar hätte er denn auch, aus Groll und auch wieder, um sich von eben diesem Groll zu befreien – in Ermangelung einer anderen Ablenkung – sich über den neuen Freund, über dessen Kleider im Besonderen, lustig gemacht.

Auch Pauls Kleider stammten ja aus der Kleiderspende. Einmal im Monat konnte man sich im Seminar aus einer im Gang zu den Schlafräumen aufgestellten Kiste gebrauchte Kleider zu eigenem Gebrauch heraussuchen. Es gab keinen Spiegel in dem Gang. Und man mußte sehr schnell sein: Die guten und besseren Sachen waren gleich weg.

Lukas trug einen bis über die Knie hinunterreichenden Mantel, dessen Futter sich hinten gelöst hatte und schief unter dem Mantel hervorhing.

»Paß auf, daß du nicht auf deine Schleppe trittst!« wollte Paul schon sagen. Sie gingen gerade durch den Rathauspark, der noch vorfrühlinghaft kahl und dürftig war.

In dem Moment brach ein wenig Licht aus den treibenden Wolken. Es fiel auf die Zweige eines großen Goldregenstrauches vor ihnen, die schon mit Blüten und kleinen Blättern besetzt waren.

»Schau, wie schön das ist!« sagte Lukas da und blieb vor dem Strauch stehen.

In dem Augenblick erstarb die Spottlust in Paul. Ein leichter, aber spürbarer Ruck war beim Anblick des Strauches durch ihn durchgegangen, und noch Jahre später sollte er sich verwundert an die regenassen Blüten des Strauches erinnern, und an den Freund, der, hinschauend, neben ihm gestanden war.

»Wieviel Geld hast du denn?« fragte Lukas, als sie sich, wenig später, in den Laubengängen des Rathauses vor den über den Platz hereinwehenden Windböen untergestellt hatten.

»Kaum was«, antwortete Paul und hielt dem anderen in der offenen Hand ein paar Münzen hin.

»Du mußt sparen!« sagte Lukas, und er zeigte dem anderen zwei, drei Geldscheine vor.

»Gehen wir ins Kino. Ich lade dich ein.«

Für gewöhnlich hatte Paul den Freigang dazu benutzt, sich in der unmittelbaren Umgebung des Seminars ein wenig in den Straßen herumzudrücken. Da er so gut wie kein Geld hatte – die Mutter in Kirchdorf konnte ihm keines schicken; was er von der Rektoratskanzlei als Taschengeld ausbezahlt bekam, ging unter der Woche meist für Schokolade und andere Süßigkeiten drauf –, da er also so gut wie blank war, blieb ihm nichts anderes übrig – zumindest sagte er sich so –, als mit scheelen Blicken die in den Schaufenstern ausgestellten Waren, die anderen Passanten und insbesondere die vorübereilenden Frauen anzuschauen. Meist kehrte er nach kurzer Zeit wieder um und verbrachte die restliche Zeit damit, aus dem Fenster seines Zimmers auf die Straße hinunterzustarren.

Es war also nicht verwunderlich, daß er sich jetzt, wie er so neben dem Freund im Dunkel des Kinos saß und zu den unsicher hellen Bildern auf der Leinwand hinaufschaute, ganz verloren fühlte. Er fühlte sich, ja, klein und wie gar nicht vorhanden, auf eine Art allerdings, die er nicht als unangenehm empfand. Seltsam! Sein Körper war außen hart, eine feste Hülle – so spürte sich das an. Aber innen, im Inneren der Form, war gar nichts – oder höchstens ein wenig Flüssigkeit, die hinuntersickerte und tropfte. – Er erinnerte sich an die Käfer, die er als Kind gern im Hof oder auf den Stiegen zum Keller hinunter zertreten hatte: Aus den geborstenen Panzern war ein glänzendes Sekret herausgeflossen, das, hatte er sich hinuntergebückt und daran geschnuppert, doch nur übel gerochen hatte.

Wider Willen mußte er bei der Erinnerung jetzt lächeln.

»Was lachst denn?« wisperte der Freund ihm zu.

»Ach, Dummheiten!« flüsterte Paul zurück.

Im weiteren konzentrierte er sich auf den Film, folgte den vorüberschwankenden Bildern auf der Leinwand gebannt. So, kam ihm vor, hatte er noch nie etwas angeschaut.

*

Pauls Idee war es gewesen, aus der Kleiderspende mehr und möglichst viel zu nehmen, abzuzweigen, zu stehlen also – und dann zu versuchen, die Sachen bei Gelegenheit, auf Flohmärkten etwa, zu verkaufen: zur Aufbesserung des Budgets.

Lukas war blond, und wenn er den Kopf senkte wie eben jetzt, fiel ihm eine breite Strähne in die Stirn, fast bis in die Augen.

Er wiegte den Kopf. – »Meinst du wirklich? Sollen wir's versuchen?« fragte er unsicher und schaute Paul mit seinen graugrünen Augen an.

Komisch, diese Augen von Lukas! – Waren sie verschattet oder nur von Streiflicht beschienen, sahen sie bloß wie hingewischt und ganz unbedeutend aus. In starkem Licht aber wurde ihre Substanz körnig – fest, frisch und grün –, als bildeten sich in einer gesättigten Flüssigkeit Kristalle.

Bald gelang es Paul, den Freund zu überreden.

Die Diebereien, so läppisch sie im Grund waren, verbanden sie enger. Einerseits hieß es, die künftige Ware im Seminar verstecken; dann, am samstäglichen Freigang, unter den Augen der anderen Seminaristen und des Pedells herauszuschmuggeln.

Im Seminar herrschte das Prinzip gegenseitiger Überwachung. Nichts blieb da lange verborgen und unbemerkt. Vom Rektor und anderen Oberen durch erbauliche Reden dazu ermuntert – unter der Vorgabe der brüderlichen Fürsorge für die Seele des Nächsten –, spionierten die Seminaristen einander aus. Vernachlässigte etwa einer sein Breviergebet, oder gab er sich über das Notwendige hinaus mit dem einen oder anderen ab, konnte er sicher sein, daß die Kunde davon bald an das Ohr der Obrigkeiten dringen würde.

Die Freunde mußten ihren Bund also vorsorglich tarnen, den kontrollierenden Augen ihrer Kollegen durch aufgesetzte Gleichgültigkeit entziehen. Unter der Woche mieden sie einander, und nur dann und wann, etwa bei einer Begegnung auf dem Gang, beim Essenholen, schaute der eine flüchtig und Einverständnis heischend zum anderen hinüber.

Bald merkte Paul, daß er sich auf die gemeinsamen Ausgänge am Samstag zu freuen begann. Ja, er konnte es kaum erwarten, mit Lukas an der vorab verabredeten Straßenecke, in geziemendem Abstand zum Seminar freilich, zusammenzutreffen; und dann gemeinsam mit ihm, in unerhörter und beglückender Freiheit, durch die Stadt zu stromern.

Sie hatten kein Ziel. Oft wanderten sie einfach an einer der Ausfallstraßen entlang in die Vorstadt hinaus.

Es war ihnen schon genug, daß sie nebeneinander hergehen konnten. Manchmal unterhielten sie sich, nebenbei, ohne bestimmte Absicht, über dies und das.

»Ich bin ja, wie du weißt, bei den Nonnen aufgewachsen«, erzählte Lukas etwa, »ich hatte da immer im Garten gespielt. – Ich komm' ja vom Land, wie du! – Bin von einem Baum gefallen. Im Gras auf dem Rücken liegend war's mir, als schwämme ich in angenehm temperiertem Wasser, in einer leis ziehenden Strömung. – Später hab' ich dann geglaubt, daß es früher, früher – mit meiner Mutter einmal –, daß es da so gewesen sein muß.«

»Ach, wirklich?« sagte Paul.

»Was ist mit deiner Mutter?«

»Ich weiß nicht. – Wer läßt denn fragen?!« fragte Paul schnippisch zurück.

Lukas war an das Wetterwendische und Unberechenbare seines Freundes gewöhnt. Es war nämlich durchaus so, daß Paul, neben seiner Freundschaft und den guten Gefühlen, die sie mit sich brachte, bald auch eine Art Argwohn gegen sich zu hegen begann: Was hatte er nur für einen Fimmel mit diesem Lukas? War der nicht ein bloß eine Plaudertasche, ein Hans-guck-in-die-Luft – einer, der von nichts eine Ahnung hatte? Im Kloster groß geworden, hatte er nichts von der Welt gesehen. Und sonst? – Was war denn schon so Wunderbares an ihren Ausgängen, an ihrer so unverhofft gewonnenen, aber ganz undurchsichtigen Gemeinsamkeit?

Vor dem Einschlafen im Zimmer, in den Stunden einer ihn jetzt öfter ankommenden Niedergeschlagenheit, rechtete er mit sich selber, und weil er bald einsah, oder einsehen mußte, daß er keine schlüssigen Antworten auf seine Fragen fand, daß auch, einer immerhin möglichen, gegebenenfalls sogar zutreffenden Antwort gegenüber die Tatsache der Freude, der freudigen Erwartung, die der bloße Gedanke an den anderen in ihm wachrief, ganz unabweisbar war – er konnte sie ja jederzeit vergegenwärtigen –, beruhigte er sich schließlich mit einer Milde, die ihn erneut argwöhnisch machte (oder war er einfach nur erschöpft vom Grübeln?): Was quälst dich denn so, Paul? Freu' dich doch! Sei zufrieden.

Auf ihren Ausgängen kam die Rede gelegentlich auch auf den Punkt, beiläufig und wie im Spiel: Ob sie dem Seminar nicht überhaupt den Rücken kehren sollten?

»Hauen wir ab!«

»Willst du denn Priester werden?«

Wie unter Schülern oder Studenten üblich, schimpften sie gern über ihre Lehrer, beklagten sich einer bei dem anderen über diese oder jene Ungerechtigkeit oder Dummheit eines der Oberen. Sie bestärkten einander in der Überzeugung, daß ihr Leben erbärmlich und ohne Aussicht sei. Sie ermunterten einander, sich nicht unterkriegen zu lassen. Eines war nämlich bald heraus: Sie hatten kaum eine Wahl.

*

An der hell von Sonnenlicht bespielten Zeile gingen sie am Wienfluß entlang hinunter, hinter den Naschmarkt hinaus, wo sie den Ort ihrer Bestimmung wußten. In abgenutzten Plastiktaschen trugen sie ihre Ware. Heute waren es besonders schöne Sachen: vier Hemden, noch tadellos in Ordnung, zwei Hosen aus gutem Stoff, ein Sakko.

Zwischen den mit Plunder und Trödel vollgestellten Tischen des Flohmarktes spazierten sie bald dahin. Die Sonne ließ den aus Kupfer getriebenen Fuß einer Lampe aufleuchten. Der Rand eines silbernen Tellers glitzerte rund und rund. Die Sonnenstrahlen rauhten den Staub an den Dingen zu einem knisternden, wolligen Flies auf. War das eine Freude, zu leben und frei zu sein!

Das Gemurmel der Händler und der Kundschaft umgab sie als ein verläßliches Strömen. Die Häuser im Hintergrund faßten die Szenerie, sich mit ihren Fassaden gleichsam vorbeugend, abschließend ein. – War das nicht herrlich? War das nicht wunderbar?!

»Wer bin ich denn, daß ich mich über das Leben beschwere!« rief Lukas an einem solchen Tag einmal aus.

»Ja, wer bist du? Wer bist du wirklich?« murmelte Paul da wie ein leises Echo, und er war froh, als er merkte, daß der andere seine Fragen gar nicht bemerkt hatte.

Das erlöste Geld verjuxten sie in allerhand Wirtschaften. Oder sie gingen ins Kino. Der Kinosaal war ihnen ja von Beginn an der besondere Ort gewesen. Dort hatten sie einander kennengelernt. Dort waren sie einander zum ersten Mal nahe gekommen.

Es kam zu zwei Vorfällen: Durch Bekannte vom Flohmarkt dazu überredet, gingen sie eines Tages bei einer der Demonstrationen gegen die Amerikaner, gegen den amerikanischen Krieg in Vietnam mit.

War das ganze Unternehmen an sich schon waghalsig, ja für Zöglinge des Priesterseminars verrückt – die

Seminaristen waren streng dazu angehalten, sich von politischen Angelegenheiten grundsätzlich fernzuhalten –, liefen die Dinge vollends aus dem Ruder, als es im Verlauf der Demonstration zu Zusammenstößen mit der Polizei kam.

Paul und Lukas gingen nebeneinander mitten auf der Straße. Ihnen kam vor, als müßten sie das Gehen erst richtig lernen. Ein leichtes Lüftchen wehte und zog an den Kleidern. An den Sprechchören der Demonstranten beteiligten sie sich nicht. Sie murmelten die Parolen nur leise und verschämt vor sich hin und hielten sich dicht nebeneinander.

Als aber dann die Polizeisirenen ertönten, die Leute zu laufen und davonzupoltern begannen, ging eine jähe Veränderung mit Paul vor. Er begann ebenfalls zu laufen – aber in die falsche Richtung! Er lief auf die Polizei zu.

»Wohin denn?!« rief Lukas aufgebracht und packte Paul resolut beim Ärmel.

Doch Paul reagierte nicht.

Mit Müh und Not bekam Lukas den widerstrebenden Freund schließlich zu fassen, und er zog ihn, der nicht mehr widerstrebte, mit sich fort.

Keuchend stand Paul neben dem Freund in dem Hauseingang, in dem sie untergeschlüpft waren. Schweißtropfen liefen Paul über das Gesicht.

Sie warteten ab – weit weg vom Demonstrationszug, der sich, unter Rufen und Geschrei, die Straße hinunterbewegte.

Der zweite Vorfall betraf sie unmittelbar.

Ein Mitseminarist entdeckte sie eines Tages auf dem Flohmarkt.

»Hallo!« sagte er und kam lächelnd langsam und siegesgewiß herüber.

Schon am nächsten Morgen wurden sie zum Rektor gerufen.

Paul und Lukas, die sich freilich abgesprochen hatten – eine Anzeige war ja zu erwarten gewesen –, standen, der eine da, der andere dort, steif und wie hingestellt vor dem Tisch des Rektors

Bei ihrer Aussprache war im übrigen nicht viel herausgekommen: Während nämlich Paul trotzig, ja wütend immer wieder nur gesagt hatte: »Na und?! Na und?!«, war Lukas blaß und erledigt dagestanden und hatte sich schließlich dem Freund an den Hals geworfen.

»Geh nicht fort!«

Was Lukas anging, ließ der Rektor, wie er sich ausdrückte, Gnade vor Recht ergehen. – Er bereute ja! Bestürzung über das, was er verbrochen hatte, war ihm doch deutlich anzusehen!

Lukas wurde an ein Seminar in der Provinz versetzt; weit fort, und mitten zwischen die Tiroler Berge hinein.

Paul wurde aus dem Seminar ausgeschlossen.

Erst gingen noch ein paar Briefe hin und her: Lukas überlegte, ob er in einen Orden eintreten sollte.

Dann kam nichts mehr. Paul lebte inzwischen auf der Straße. Sie sahen einander nie wieder.

Wie oft erinnerte sich Paul nicht an den Freund! – Nachdem sein erster Zorn gegen ihn verraucht und schließlich verflogen war – »Was für ein Kindskopf!« –

zuletzt kam es ihm beinah unausdenkbar vor, daß er überhaupt zornig hatte werden können –, schwebte ihm nun gelegentlich das Gute vor, das sie verbunden hatte, die Freundschaft und Kameraderie.

Da war Lukas – der Teufel soll ihn holen! –, er schaute ihn, Paul, treuherzig und mit seinem Kinderblick an. Und er erzählte ihm dann etwa mit diesem rasch einschießenden, schelmischen Lächeln, das sein Gesicht aufleuchten ließ – gerade so war es gewesen – von irgendeiner Entdeckung, die er gemacht, von irgendeinem Abenteuer, einer glorreichen Idee – und Lukas' Augen hatten dabei gefunkelt wie das Leben selber.

4. Früher einmal war die Stadt Wien, als Zwischenergebnis des gar vielschichtigen und umwegigen historischen Prozesses, klar und übersichtlich in reiche und arme, in vorwiegend der Industrie oder dem Handwerk gewidmete Gegenden, in Villengegenden und die Wohn- und Schlafbezirke der Arbeiterschaft gegliedert. Seinerzeit genügte es, einfach die Wohnadresse oder Anschrift zu nennen, und der andere wußte schon, woran er war.

Der Westen, mit den hügeligen Ausläufern des Wienerwaldes, war mit mit Gärten und Parks überzogen; dort standen die Villen der Reichen und Wohlhabenden. Die östlichen Ebenen dagegen, rechts und links des breit hingehenden Donaustroms, an den Hängen des südlich gelegenen Wienerberges hinauf – dort lagen die Standorte der Industrie und, darum organisiert und an sie angegliedert, die Wohn- und Schlafbezirke der Arbeiter.

Heutzutage ist das gegebene Grundmuster großteils verwischt – da stärker und bis zur Unleserlichkeit, dort nur ein wenig. Allerdings gibt es Gegenden, die beinah geblieben sind, wie sie einmal waren.

Die Villa der Familie Kopitzky steht an der Pötzleinsdorfer Straße, einer gepflasterten Ausfallstraße, die, von Alleebäumen gesäumt, ursprünglich zu dem Zweck angelegt war, zu einem Lustschloß gleichen Namens hinauszuführen. Noch heute trägt die Straße das Gepräge einer barocken Schloßzufahrt.

Die Villa Kopitzky steht, von den zeilenförmig entlang der Straße angeordneten älteren Vorbauten zurückgesetzt, in der Tiefe eines weitläufigen Gartens und strahlt mit ihren zwischen dem Geäst von großen Bäumen hervorschauenden Gebäudeteilen, insbesondere der mit Skulpturen bestückten Balustrade, etwas Ehrwürdiges und Nobles, aber auch etwas Überlebtes und leise Groteskes aus.

Weit her ist es mit Altehrwürdigkeit und Noblesse ja auch in der Tat nicht: Die Villa Kopitzky wurde zu Ende des neunzehnten Jahrhunderts erbaut, in jenen Boomjahren, denen ein großer Teil der heutigen Baumasse der Stadt, auch viele Mietshäuser und Zinskasernen, seine Entstehung verdankt.

Die Kopitzkys, ursprünglich aus Polen, genauer gesagt, aus dem alten österreichischen Kronland Galizien herstammend, sind immer Geschäfts- und Handelsleute gewesen. – Freilich, in Galizien war bald einer Geschäftsmann, wie der alte Kopitzky öfter zu sagen pflegte.

Der Vater dieses alten Kopitzky wiederum ist aus Sokal in Galizien nach Wien zugewandert. Sokal – eine Kleinstadt in der nach Rußland hinüberreichenden Ebene, wo der Holzhandel in der Familie so etwas wie erblich war.

Die Wurzeln der Familie verlieren sich in dem offenen, zum Teil sumpfigen, in der Hauptsache von großen, kompakten Waldungen bedeckten Land.

»Wer weiß heute noch etwas von Galizien?«

Bald nachdem der Gründervater in Wien eingetroffen war, sattelte er vom Holzhandel auf das Spinnereiwesen um, auf Textilindustrie, ein Wechsel, der damals nichts Absonderliches an sich hatte und lediglich der aufkommenden Konjunktur gehorchte, oder vielmehr der richtigen Nase für eine bald zu erwartende Konjunktur.

Ein gewisser Graf Hilaire de Chardonnet hat 1884 damit begonnen, Kunstseide, Seide aus künstlichem Spinnstoff, in großem Maßstab herzustellen. Von seinem Werk in Frankreich aus trat die Kunstseide rasch ihren Siegeszug durch die Welt an.

Als vorerst kleine Einheit reihte sich der aus Galizien hergekommene Kopitzky mit seiner Fabrik in den Zug ein. Es heißt, er sei ein ängstlicher, übervorsichtiger und im Grund menschenscheuer Charakter gewesen – sonderbar für einen Mann, der bald zu den Industriemagnaten des Reiches zählen sollte.

Mit steigendem Erfolg schwor er dem Väterglauben ab, trat zum Christentum über, wurde Katholik. Das war unter den damals herrschenden Verhältnissen nichts als ein Versuch, das Erreichte zu konsolidieren. Äußerlich, auf den Photographien, die sich vom Gründervater erhalten haben, paßt er denn auch aufs Haar zu den aufstrebenden Großbürgern der Zeit: ein etwas dicklicher Mann im Cut und mit Zylinderhut, mit einem herrischen Bulldoggengesicht, der bemüht ist, sich gutartig zu geben.

»Wir waren immer glühende Österreicher!«

Erzählte der alte Kopitzky, der Sohn des Gründervaters – und er erzählte, wie wir sehen werden, gerne und viel – das Monologisieren war bei allen, die ihn kannten, seine sattsam bekannte Art –, kam er bald einmal auf den Vater und dessen Herkunft zu reden.

Der alte Kopitzky, er mochte zu der in Rede stehenden Zeit bereits auf die Achtzig gehen, hatte sich aber noch immer nicht ganz aus seinen weit verzweigten Geschäften zurückgezogen, er hatte in Pötzleinsdorf draußen eine junge Sekretärin eingestellt, angeblich zur Erledigung seiner Privatkorrespondenz, die ihm jedoch mit ihren Ohren, ja mit ihrer ganzen Person, als Zuhörerin und Zeugin zu dienen hatte.

Ihr erzählte er vom väterlichen Sägewerk in Sokal, von der Bahnstrecke durch den Wald, von den Hütten und Häusern, den ungepflasterten, nur mit Gehsteigen aus Holz versehenen Straßen der Kleinstadt. Er erzählte von strengen Wintern, von den mächtigen Sommerwolken über den Feldern, vom glühend heißen Sand der Karrenwege, die durch die Landschaft sich schlängelten.

Der alte Kopitzky war äußerlich ein dürres, kleines Männchen, in schäbigen, oft geradezu schmuddeligen Kleidern steckend. Insbesondere seit sein von ihm geliebter, ja, wie zu hören gewesen war, vergötterter Sohn bei einem Unfall ums Leben gekommen war, hatte er sich mehr und mehr gehen lassen und vernachlässigte sein Äußeres: Von der unternehmerischen Pose, die er, wie mancher bezeugte, ein zu eins von seinem Vater übernommen hatte, war wenig mehr übrig.

Meist war er unrasiert, die Nase stand groß aus den schlaffen grauen Wangen hervor. Die Äuglein funkelten.

Mit seinen vom ewigen Zigarettenrauchen gebräunten Fingern schiebt der Kopitzky die Seidenvorhänge zurück und schaut in den verschlampten Garten des Hauses hinunter.

»Passenderweise bin ich fast genau zur Jahrhundertwende geboren. Papa hat noch den großartigen Aufschwung ins neue, ins zwanzigste Jahrhundert hinein erleben dürfen, den Weltkrieg – da haben wir große Lieferungen gehabt, für die Monarchie, für den Krieg.

Ich selber hab' die Firma dann übernommen, als wir am Boden waren – zu Beginn der Republik.«

Der Alte zündet sich eine weitere Zigarette an. Das war so seine Art zu erzählen: Er paffte unentwegt, und zwischen den Rauchwolken stieg seine Erzählung auf wie bei einer delphischen Priesterin.

Für einen Moment starrte er geradeaus, um sich zu sammeln.

»Die Orban, diese Hur' – eine Galeristin. – Sie kennen Sie nicht? Gestern erst hab' ich wegen eines Bildes mit ihr verhandelt. – Hat sich erst mit jedem dahergelaufenen Nazi eingelassen! – Nach dem Krieg, im Wiederaufbau, daß ich nicht lach' – hat sie sich einem Minister von den Christlich-Sozialen an den Hals geworfen, einem Salzburger. Jetzt will sie natürlich von nichts Bösem gewußt haben und gibt sich als Unschuldslamm.«

Eines der vielen Gemälde in den weitläufigen Räumen der Villa trug den Titel »Vorfrühling« – von Ferdinand Georg Waldmüller. Darauf war der alte Kopitzky besonders stolz. Biedermeier-Malerei! Mag auch sein, daß das Bild ihn in jene halb wehmütige, halb heitere Stimmung versetzte, die er, im Scherz, ironisch, gelegentlich als die ihm angeborene bezeichnete.

»Sagen Sie, was Sie wollen: Ich bin ein Wiener durch und durch!«

Ärmlich gekleidete Kinder, unterwegs zwischen den Stämmen eines lichten, locker stehenden Waldes. Buchen und Eichen. Die Kinder gehen einen Hohlweg hinauf – wie eine Prozession. Alles noch halb unter Schnee. Schneeflecken, rosig im Licht, schattige Patzen aus vorjährigem, fettig glänzendem Laub dazu. Getigertes. – Diverse Weglein.

Im zweiten Hinsehen erkennen wir, was die Bauernkinder im Wald suchen: Es sind die ersten Veilchen, die eben aus dem Boden kommen. Da und dort kommen sie heraus, in der zaghaft blaß durch die noch kahlen Äste hereinfallenden Sonne sprießen sie aus dem dürftigen Boden.

Kopitzky geht auf dem abgenutzten Perserteppich auf und ab, und damit es ein wenig so aussieht, als hätte er die junge Frau, die Sekretärin, tatsächlich für diesen Zweck angestellt, diktiert er ihr einen Brief.

Er pflegt den gedrechselten Stil. Macht lange Pausen. Spuckt dazwischen immer einmal in einen der großen Blumentöpfe, in denen Zimmerpalmen stehen.

»Man kann nie genug aufpassen! Man kann nie genug aufpassen!«

»Aber die Geschäfte gehen doch prima«, wendet die junge Sekretärin ein.

»Unterwäsche! Unterhosen und Strümpfe erzeugen wir. Unterwäsche! Bademoden! – Wenn mir früher einmal einer gesagt hätte: Damit wirst du dein Geld verdienen – ich hätt' dem vielleicht Bescheid gesagt!«

Der Vater des alten Kopitzky, der Gründervater, hatte noch die Fortschreibung des sagenhaften Aufschwungs ins neue, ins zwanzigste Jahrhundert erleben dürfen. Mit dem Anbruch des Ersten Weltkriegs ging es dann richtig los: Die Kopitzkys lieferten für den Krieg.

Das ergab sich schon aus dem Umstand, daß sie auch für den Frieden geliefert hatten.

Uniformen für die Polizei. Monturen für die Armee.

Sie, als Legitimisten, verfügten über die besten Beziehungen bis hinauf in die kaiserlichen Kanzleien.

»Vater hat schon bald nach dem Tod des alten Kaisers, des Franz Joseph, jeden Lebenswillen verloren. Er hatte Kriegsanleihen gezeichnet. Mit denen konnte ich nachher den Kamin anzünden. Der Krieg verloren! Das Land zur Bagatelle geschrumpft! – Da durfte ich die Firma nicht im Stich lassen.

Ich bin, den Konzern auf dem Buckel, in die Niederlage, in das um so viel kleinere und verkleinerte Österreich – und in die große Wirtschaftskrise – hineingeschlittert.

Viele waren bankrott, sind auf und davon, haben sich aufgehängt oder erschossen.

Auf die große Depression kam Massenarbeitslosigkeit. Damals haben wir vom Hitler zu hören bekommen.

Mein Bruder – der, der hat sich freilich keinen Deut um all das geschert! Hat sich nur um seine Patienten im Allgemeinen Krankenhaus und, nebenher noch, um die Armen und Ausgesteuerten in seiner Praxis gekümmert. Er war Arzt, wissen Sie, Arzt. – Da fällt mir ein: Ich habe Ihnen ja noch gar nichts über meinen Bruder erzählt!«

Und der alte Kopitzky erzählte.

Er ging zwischen den schwer gepolsterten Möbeln im Salon auf und ab, hin und her, den Blick zu Boden gerichtet, als wäre dort der Text für ihn aufgeschrieben.

»Mein Bruder war nur ein paar Klassen unter mir; und doch, und doch – wie weit war er von mir entfernt! Von allem Anfang an wollte er mit dem Geschäft, mit dem Judengeschäft, wie er es nannte, nichts zu tun haben.

Was er denn wollte? – Er wollte den Menschen dienen.

›Aber das tun wir doch auch!‹

›Pah!‹

Es gab oft Streit mit Papa, der diesen seinen Sohn nicht verstehen wollte.

›Die Menschen! Die Menschen!‹ sagte er halb scherzend, halb grollend zu ihm, ›komm mir doch, bitte, mit was Gescheiterem!‹

Bei den Piaristen in der Josefstadt zur Schule: Sonderbar! Dieser durch und durch österreichische und wienerische Platz vor der Piaristenkirche, an den, als Flügelgebäude, die Schule angrenzt, mit seiner hoch aufragenden Mariensäule – katholisch durch und durch das ganze – ist ein Haupteindruck und der Zentralpunkt meiner Kinderzeit.

Wie oft habe ich nicht durch eins der Fenster meines jeweiligen Klassenzimmers auf den Platz mit seinem fast ländlichen Frieden, den Tauben, den Patres und den Hausmädchen mit ihren Einkaufskörben hinuntergeschaut.

Die Lehrer unterstützten meinen Bruder in seinen Plänen, sie belobigten ihn: Arzt und ein Helfer der Menschheit wollte er werden!

Was Wunder, daß Papa seine Felle davonschwimmen sah und seine Hoffnungen in mich setzte? – Er war, auf seine Art freilich, stolz auf mich.

›Was findest du denn nur daran, mit dem Zeug zu schachern?‹ hat mich mein Bruder oft gefragt.

›Was findest du denn dran, dir eine leuchtende Zukunft als Wohltäter, als Pillenverschreiber und Weltverbesserer auszumalen?‹

›Schlecht wird es ganz von selber‹, hat mein Bruder darauf geantwortet.

›Na eben!‹ hab' ich frech, wie nur ein Junger, ein rechter Dummkopf es sagen kann, darauf erwidert.«

Kopitzky – klein und unansehnlich von Gestalt – »So hab' ich allerdings nicht immer ausgeschaut!« –, trotz seiner geringen Körpergröße, seinem abgenutzten, ja dürftigen

Aufzug strahlt er etwas Herrisches, etwas Gebieterisches aus.

Erheblich unter Mittelmaß, wirkt er doch ganz und gar nicht klein: Er hält den im Verhältnis zum Körper etwas zu groß wirkenden Kopf stets stolz erhoben, drückt die eingefallene Brust heraus.

Der über der Stirn sich bauschende Haarschopf bildet eine Art Krone über dem Scheitel.

Ein einsamer, alter Mann, mit dünnen, zu lang geratenen Armen und Beinen. »Ich war einmal einer der bestgekleideten Männer von Wien!«

Ein herunterhängendes kleines Bäuchlein verrät, daß er einst dem Wohlleben nicht gänzlich abgeneigt gewesen sein kann.

Vorzugsweise präsentierte Kopitzky sich sitzend: zurückgelehnt in seinem Sessel am Schreibtisch oder in einem der Ohrenstühle im Salon.

Sein Gang, wenn er nicht auf sich achtgab, hatte etwas Hüpfendes, etwas Übertriebenes und jedenfalls unbedingt Aufgerichtetes.

So begegnete er einem in den Räumlichkeiten der Villa.

Würdig wirkte er nur, und das wußte er genau, wenn er, im Lehnstuhl sitzend, beide Unterarme auf den Lehnen, die Füße parallel aufgestellt, einem von weit her, etwa durch die ganze Länge des Salons, löwenhaft entgegenschaute.

»Meinen Bruder hab' ich das letzte Mal auf der Hochzeit gesehen. Er hat meine Wahl natürlich mißbilligt. Der hätte jede Wahl mißbilligt! Was ich unter Familie verstanden habe, war für ihn bloß Fortsetzung des Geschäfts mit anderen Mitteln.

Meine Frau kam aus gutem Haus. Aus Ungarn. Wir brauchten frisches Geld für die Firma.

Wir haben einander in Feleshegy kennengelernt. Auf dem Familiensitz da. In dem Park dort sind wir spazierengegangen, Hand in Hand über moosige und laubbestreute Wege. Pavillons mit Säulen und Blumengebinden. Schatten. Bootsfahrten auf Teichen. – Sehr romantisch, das alles.

Wir sahen einander in Wien. Schon vor der Hochzeit. Heimlich natürlich. Als ich nach der Hochzeit endlich offiziell mit ihr ins Bett gehen durfte, brachte ich nichts zusammen.

Da bin ich in den Tempel gegangen und hab' gebetet. – Und wie ich gebetet hab'! – Es hat geholfen, schließlich. – Nur wozu? – Mein Sohn ist fort jetzt, ist tot. Wozu das Ganze überhaupt?«

»Abgesehen davon, daß wir reich waren, waren wir eine gewöhnliche Familie. – Wie gern denke ich an meine Abendausgänge mit Ada zurück! Schön war sie – schön.

Ganz zuletzt hat sich ihre Haut zu kräuseln begonnen. Hat sich sacht vom Fleisch darunter gelöst; wie gute, teure Seide hat sich das angespürt.«

*

»Jahrhundertelang haben die Völker friedlich miteinander gelebt. Aber von langer Hand her und im Lauf der

Zeit sich noch vertiefend, ist eine Ungleichheit zwischen die Deutschen und die anderen Völker gekommen. Einerseits haben die, nachdem einmal durch die Französische Revolution eine Bahn gebrochen war, ihr Recht gesucht. Als Antwort darauf haben die Deutschen ihren Anspruch hochgehalten und immer noch, schließlich, nach dem verlorenen ersten Krieg, ins Phantastische und Irrsinnige hinein ausgebaut.

Schon immer sind wir Juden von den Christen als Gottesmörder, als schändliche Kreuziger des Gottessohns hingestellt worden. Aber was dann auf uns zugekommen ist …«

»Es war meine eigene Dummheit«, sagte der Kopitzky oft; und er sagte es leise und nur wie für sich, »daß ich an die Bürgerlichkeit, an den gesunden Menschenverstand geglaubt habe. – Eine Dummheit sondergleichen! – Wie vernagelt und überheblich ich war!

Ich wäre ja mit dem Hitler gegangen. Wenn man mich lassen hätte. Ich hätte geliefert. – So ist das im Geschäft. – Was für ein Charakter, werden Sie sagen! Aber so ist das nun einmal mit mir.«

»Ich hab' mein Leben lang Geschäfte gemacht, nichts als Geschäfte«, fuhr er fort und zündete sich eine seiner Zigaretten an. – »Jeder tut, was er kann. Und ich? Ich kann eben nichts anderes.

Freilich, ich hab' Möglichkeiten gehabt. – Jeder hat Möglichkeiten. Jeder kann wählen. – Von einem gewissen Zeitpunkt an ist es mit der Wahl dann allerdings vorbei. Dann ist alles vorbei.«

»Wir Juden werden gehaßt wie früher! Was Wunder, haben wir doch einen Bund mit Gott geschlossen. Wir haben – zumindest einmal – die Stimme Gottes gehört. Zu uns hat er gesprochen.

Der tausendfache Mord an unseren Leuten, ein billiger Mythos ohne Anschauung, wenn Sie mich fragen. Natürlich: Die Leute sind ermordet worden. Werden nicht dauernd irgendwelche Leute ermordet? – Kriege und Kriege!

Es braucht nicht viel, das zu sehen.

Man haßt doch immer den, der an die eigenen Sünden erinnert. – Allein dafür muß man uns hassen, uns Juden.

Man sollte nicht bei uns lernen.

Wir haben das klug gemacht, das mit dem Nicht-Vergessen, klug. Uns vergißt keiner. Wir sind zu klug.«

*

Eines Tages, und es war kein besonderer Tag – nichts, das ihn ausgezeichnet hätte –, rückte der alte Kopitzky mit seiner wirklichen Geschichte auf einmal heraus. Mit der Geschichte, die ihn ganz persönlich betraf.

Zuvor war er ein paar Tage krank gelegen. Mag sein, daß die Krankheit und die Gedanken, die eine Krankheit gerne begleiten, ihn dazu veranlaßten.

»Plötzlich war ein Brodeln in der Straße: Wo vorher Passanten gewesen sind, entlang an den Backsteinfronten, den Regenrinnen, den Fensterblechen und Hausmauern, sind die Leute, jetzt in schwarze, wabernde Blasen verwandelt, buchstäblich geplatzt.

Ich beuge mich aus dem Fenster. Ich beuge mich heraus –

Es ist in London, das muß ich dazusagen, in einem Hotel da.

Nach dem Einmarsch der Hitlertruppen in Wien, nachdem der tolle Jubel hier einmal abgeebbt war, hab' ich mir gedacht – in kluger Voraussicht, wie ich annahm, aber in totaler Verkennung der Lage, wie sich herausgestellt hat, hab' ich mir gedacht: Ich gehe nach England, nach London, und bereite unsere Übersiedlung erst einmal vor.

Bei unseren Verhältnissen, war es, wie Sie sich vorstellen können, mit dieser einmaligen Reise, mit dieser ersten Reise nicht getan.

Aus der Überlegung heraus, es könnte ihm nicht schaden, hab' ich meinen Sohn mitgenommen, meinen einzigen Sohn ... Ich wollte ihn vorstellen, drüben. Ihn gesellschaftlich einführen.

Damals wird er an die zwanzig gewesen sein.

Es hat ein Abschiedsessen gegeben. Hier – gerade hier.« – Der alte Kopitzky zeigte in dem Zimmer herum. – »Da, an dem Eßtisch, haben wir zu Abend gegessen. Ada, der Junge und ich. Wir hatten Kerzen angezündet, um's uns richtig schön und feierlich zu machen. Ada hat ein Samtkleid angehabt, ein rotes Samtkleid, das weiß ich noch.

Wie schön hat ihr gutes Gesicht im Licht der Kerzen ausgeschaut!

Nachdem der Bub sich hingelegt hatte, haben wir noch ein wenig Musik gemacht, haben Schallplatten gespielt. Wir sind noch traulich beisammen gewesen, haben ein wenig getanzt. – Wiener Walzer!

Ja, ich war ein guter Tänzer.«

Der alte Kopitzky machte eine Pause.

»Ada hab' ich nicht wiedergesehen«, sagte er dann.

»Und mein Sohn? – Der hat es nicht ertragen, daß er überleben durfte. Daß er nicht im KZ verkommen ist wie die anderen. Er war sehr stolz. Er war eben anders als ich.

Wenn ich aber in London, als ich die Zeitungsjungen auf der grauen Straße draußen schreien gehört habe: Pogrom in Deutschland! Pogrom in Österreich! – Wenn ich gewußt hätte?

Was hätte ich schon groß anders gemacht?!«

Zweites Buch

1. Wenn wir an Los Angeles denken, sehen wir eine endlos sich ausbreitende Stadt in der Ebene vor uns, vorzüglich als Nachtbild, wenn die Lichter an den rasterförmig angelegten Straßen wie Schnüre aus Diamanten flimmern.

Los Angeles ist aber auch eine Stadt am Meer, und eben dort, in einer der fast dörflich anmutenden Straßen, treffen wir am frühen Vormittag eines Sommertages auf einen jungen Mann. Er spaziert die noch kaum belebte Straße hinunter, richtet seinen Blick bald zum hellen und blauen Himmel hinauf, über den vom Meer aufsteigende Dunstschleier schweben, betrachtet sich dann wieder im Vorübergehen in spiegelnden Schaufensterscheiben.

Der junge Mann hieß Alexander Altmann, stammte aus Europa, genauer gesagt aus Wien. Für amerikanische Augen sah er in seiner leichten Sommerhose, mit den solide gemachten Schuhen, mit dem weißen Hemd, dessen Kragen offenstand, wohl auch auf den ersten Blick wie ein Zugereister aus.

Der Tag war frisch und strahlend. Und doch wirkte der junge Mann bedrückt und schien das Heitere, Erwartungsvolle an diesem schönen Morgen nicht zu bemerken. Mit mürrischem Blick flanierte er dann an der Uferpromenade am Meer entlang und schaute ohne erkennbares Interesse zu den jungen Frauen hinüber, die sich am Strand ihre Liegestühle zurechtrückten oder sich eben ausgiebig eincremten. Weiter hinten spielten ein paar Burschen Beachball. Dann kamen schon die grauen Brecher des Pazifiks, über deren zerfetzten Wellenkämmen Möwen im Aufwind segelten.

Am Ende der Promenade drehte der junge Mann einfach um und kehrte geradewegs in sein Hotel zurück, wo er sich an der Rezeption eine Verbindung nach Wien herstellen ließ.

»Hallo, Papa!« sagte er ein wenig unsicher in die Telefonmuschel, als sich am anderen Ende der Leitung jemand gemeldet hatte.

»Ich verbinde Sie sofort mit dem Herrn Doktor, Herr Altmann«, meldete eine weibliche Stimme – die Sekretärin wahrscheinlich –, sie hatte den jungen Mann gleich an seiner Stimme erkannt.

Mit dem Herrn Doktor, dem Doktor Steininger, seines Zeichens Inhaber einer gut eingeführten Steuerberatungskanzlei, verband den jungen Altmann eine besondere Beziehung: Steininger war viel älter als Alexander; beinah doppelt so alt. Sie kannten einander jetzt lange. – In der Kunstgalerie, für die Alexander arbeitete, hatten sie einander kennengelernt.

Steininger war aber nicht der leibliche Vater Alexanders, er war sein väterlicher Freund – so etwas wie ein Mentor.

»Was verschafft mir die hohe Ehre?!« rief er da auch schon in der für ihn typischen Art: Wann und wo immer man den Mann antraf, stets schien er aufgekratzt und blendender Laune zu sein.

Jetzt lächelte auch Alexander, er näherte den Hörer seinen Lippen, sein Lächeln war unsicher und zaghaft.

»Ich ruf' aus L. A. an«, sagte er.

»Ach, ja?! – Hast du jemand kennengelernt? Eine Blondine vielleicht? Hast ein Riesengeschäft gemacht?«

In dieser Tonart ging es weiter.

Schließlich endete das Gespräch, wie es begonnen hatte, ohne daß es eine bestimmte Richtung eingeschlagen oder auf ein Ziel zugesteuert hätte. Und doch, und doch: Wie man Alexanders Miene nur allzu deutlich ablesen konnte, schien es die rechte Wirkung gehabt zu haben: Er sah jetzt erleichtert aus, ja beinah fröhlich. Als er die Treppe zu seinem Zimmer hinauflief, nahm er immer zwei Stufen auf einmal.

Für den Abend war Alexander mit einem Geschäftsfreund verabredet. Er war schon ein wenig neugierig, was ihn dort erwarten würde. Es war sein letzter Abend in Kalifornien.

Nach L. A. war er im Auftrag seiner Galerie gekommen, das heißt, im Auftrag der Frau von Orban, der Besitzerin der Galerie.

Während er im nachmittäglichen Licht am Swimmingpool des Hotels saß, die Mittagszeit hatte er mit allerhand Aufzeichnungen und Abrechnungen verbracht, stellte er sich vor, wie die »Chefin« wohl auf seine Verkaufserfolge reagieren würde.

»Na, großartig!« würde sie wohl sagen – um dann, mit einer wie nebenher hingeworfenen Bemerkung, seinen Erfolg und ihre Anerkennung gleich wieder einzuschränken.

Ja, so ist sie! – Gerade so.

Diese in Summe doch herabstimmenden Überlegungen belasteten Alexander allerdings kaum. Da und dort antippend, dachte er so vor sich hin, ohne damit etwas für sich zu klären.

Die Fahrt zur abendlichen Verabredung hinüber war lang. Der Taxichauffeur fluchte vor sich hin, wenn wieder eine der Ampeln gerade auf Rot gesprungen war, und Alexander, im Fond des Wagens zusammengesunken, schaute zum Seitenfenster hinaus, zu den heruntergekommenen weißen Häusern, die in langen Reihen dastanden, auf deren Treppenaufgängen Schwarze hockten, zu Palmen und vorüberbrausenden Glitzerlimousinen, zu Kindermädchen, die jetzt, im aufkommenden Abend, die Kinder ihrer Herrschaften in hochrädrigen Wagen spazierenführten: Ihm zählte eins wie das andere.

Er konnte oder wollte sich nicht recht konzentrieren. Einmal fiel ihm kurz der Steininger ein und daß der, im Krieg seinerzeit, gegen die Amis, wie er sich ausdrückte, gekämpft hatte.

Nun, gekämpft hat er ja nicht gerade, dachte Alexander. Vielmehr ist er, seinen eigenen Erzählungen zufolge, in der Etappe herumgehangen, weit weg vom Schuß, und hat sich ein lustiges Leben gemacht. – Blöd wär' er ja gewesen!

Das Taxi hielt vor einer Villa, die Tür öffnete sich noch während des Ausrollens des Wagens, ein dunkelhäutiges Hausmädchen führte Alexander in die Halle, wo sein Partner ihn begrüßte.

Ein alter Herr übrigens, ein renommierter Kunsthändler in der Gegend, sehr angesehen: Er ging jetzt mit seinen kurzen Altherrenschritten, ein wenig gebeugt, vor Alexander her.

»Ich dachte, ich führe Sie noch ein wenig im Park herum, bevor wir uns zum Essen setzen«, meinte er.

Beim Rundgang auf den gekiesten Wegen unterhielten sie sich über Geschäftliches. Mit der abklingenden Taghitze stiegen aus dem Laub der Bäume und Sträucher betörende Gerüche auf. Noch war es nicht ganz dunkel, bloß dämmrig, die Blätter der Sträucher schienen größer zu werden – aber in der Stadtebene draußen, zu der sie aus dem Garten hinuntersehen konnten, sprangen schon da und dort Lichter an.

»Ich bin sehr stolz auf meinen Park!« bemerkte der alte Herr, als sie an einer Reihe von Rhododendronbüschen entlanggingen.

»Freilich«, fügte er hinzu, »habe ich nicht alles selbst angelegt und gestaltet.«

»Ich bin schon lange hier«, fuhr er, im Gehen anhaltend, fort, und wie um sich zu korrigieren: »Ich bin schon seit dem Krieg da – nein, ich bin schon vor dem Krieg herübergekommen, schon lange vorher.«

Alexander spürte, daß ein Wort, eine Frage von ihm erwartet wurde.

»Ich bin in Wien zur Schule gegangen«, sagte der alte Herr.

Alexander, der den rechten Moment für das rechte Wort verpaßt hatte, wußte jetzt noch weniger, was er denn sagen sollte. Angesichts der Direktheit des anderen fand er eine der beiläufigen, halb mitleidigen und im

Grund ganz desinteressierten Fragen deplaziert, wie man sie in solchen Fällen zu stellen pflegt.

So sagte er nichts, der Augenblick ging ungenützt vorüber, und der weitere Rundgang verlief wortlos.

Beim Essen lachte der alte Herr dann herzlich, er hatte Alexander dazu ermuntert, ihm doch ein paar Sätze auf Wienerisch vorzusagen.

»Gemütlichkeit – oder wie Sie da sagen?«

Alexander war ein guter Schauspieler, er übertrieb es fast ein bißchen. – So stellte sich zuletzt, als er geendet hatte, ein Moment peinlicher Stille ein.

Im übrigen unterhielt man sich bestens, der alte Herr hatte eine seiner Assistentinnen, einen prächtigen, vollbusigen Rotschopf, dazugebeten, eine dieser kalifornischen Schönheiten, und die Wangen des alten Herrn färbten sich rosig und rosiger, was sich, im Kontrast zu seinen silberweißen Haaren, recht hübsch ausnahm.

Anderntags, auf dem Rückflug nach Europa, saß Alexander behaglich ausgestreckt in seinem Business-Sitz und träumte. Amerika. Ja, er hatte gute Geschäfte gemacht! Immerhin – er hatte jede Menge verkauft! – Er hätte sich wohl ganz diesem Stolz hingegeben, wenngleich auch dieses Gefühl nicht durchgängig von der hellen und unzerkratzten Sorte war, sondern eher abschattiert, durchzogen von Einwänden und Zweifeln. Was ihn aber wirklich in seiner Freude irritierte, war etwas ganz anderes.

Weshalb nur, fragte er sich, weshalb nur hast du die Gelegenheit mit dem Rotschopf, mit dieser Assistentin, ausgelassen?! Ein großartiges Weibsstück! – Wie sie sich beim Hinunterfahren in die Stadt, in den Kurven da – wie sie sich zu dir hinübergelehnt hat: Du hättest nur zuzugreifen brauchen!

Alexander Altmann war nichts weniger als ein Frauenheld. Er war schüchtern. Im Grund wußte er mit Frauen nicht allzuviel anzufangen. Nun, es gab sie einmal. Männer waren eben hinter Frauen her – insbesondere hinter den hübschen, den reichen. – Alles andere ist doch komisch!

Es war also ein Versagen im Grundsätzlichen, das ihn jetzt, im Flugzeug, ein wenig ärgerte.

Ich hätte sie doch kurz einmal ficken können! Das wär's ja auch schon gewesen.

Die Geilheit, die, als er sich die verpasste Gelegenheit vor Augen führte, jetzt kurz und heiß in ihm aufstieg, brachte ihm jäh in Erinnerung, daß ja Ulla – ja, seine junge und hübsche Frau Ulla – bestimmt auf dem Flughafen auf ihn warten würde.

Sie kommt. Wie ich sie kenne. Sie kommt bestimmt. Das läßt sie sich nicht entgehen.

Bei der Vorstellung, daß Ulla, seine Frau, das Wiedersehen gewiß aus romantischer Perspektive betrachten würde, als wären sie beide, na, Prinz und Prinzessin – eine Ewigkeit getrennt jetzt und wie verwunschen –, daß Ulla diese märchenhafte Stimmung dann wohl auch ins Bett mit hinübernehmen würde – bei dieser Vorstellung empfand Alexander etwas wie Mitleid und dachte sich, leicht amüsiert: Du lieber Gott.

Ulla stammte aus der österreichischen Provinz, aus Kärnten – Alexander hatte sie während des Studiums an der Universität kennengelernt. Kurz und aufwallend wild war die erste Zeit ihrer jungen Liebe gewesen. Was hatte er nicht alles angestellt, um in ihre Nähe zu kommen! Was hatte er sich nicht einfallen lassen. – Und wie wenig Zeit verbringen wir jetzt miteinander, dachte Alexander, als er, mit Ulla neben sich, vom Flughafen in die Stadt hereinfuhr.

Ja, er war einmal stolz auf sie gewesen, auf Ulla. Immerhin – sie kam aus guter Familie; aus reichem Haus. Obwohl es auch mit dem Reichtum nicht ganz so weit her gewesen war, wie sich bald herausgestellt hatte.

Als ihm der sich gegen das Zentrum zu immer stärker werdende Verkehr einmal Gelegenheit dazu ließ, warf er einen schnellen Blick zu Ulla hinüber.

Sie hatte ihre linke Hand leicht auf seinen Oberschenkel gelegt, starrte aber im übrigen durch die Windschutzscheibe geradeaus vor sich hin.

»Erzähl mir doch, was du so getrieben hast, während ich weg war«, sagte er munter.

Beinah erschrocken wandte sie sich zu ihm her.

»Wenn du fort bist, weißt du – und das ist die ganze Wahrheit –, dann kommt's mir vor – wie soll ich sagen –, als wäre ich gar nicht auf der Welt.«

»Wirklich? Aber geh!« Alexander tätschelte ihre Hand. »Von der Familie etwas Neues?«

Ulla stieß die Luft durch die Nase »Was soll es bei denen schon Neues geben?«

Um das Schweigen, das sich nun wieder ausbreiten wollte, zu zerstreuen, erzählte Alexander ein wenig von seiner Reise und wie erfolgreich er gewesen war. Mit dem Reden steigerte er sich langsam in eine gute, ja ausgelassene Stimmung hinein, und als er den Wagen vor ihrem Wohnhaus eingeparkt hatte, zog er Ulla zu sich herüber und küßte sie.

»Du hast dir einen tüchtigen Mann ausgesucht, einen erfolgreichen Mann«, sagte er, als sie die Treppe im Haus hinaufstiegen.

»Zwar bin ich ein bißchen müde, übernächtigt, du weißt schon«, fuhr er fort, und mit breitem Lächeln setzte er nach: »Aber das tut gar nichts. – Ich liebe dich!«

Jetzt lagen sie nebeneinander im Bett, die gute Laune Alexanders hatte sich bereits verflüchtigt, er fühlte sich hundemüde jetzt und wollte schlafen. Da er es Ulla gegenüber als unfair empfunden hätte, sich gleich wegzudrehen, streichelte er, auf dem Rücken liegend, ihren Arm, ihren nackten, sich allmählich abkühlenden Bauch, und hörte zu.

Es war die übliche Geschichte! – Wie oft hab' ich das alles nicht schon gehört, dachte Alexander.

Ulla war während seiner Abwesenheit bei den Eltern daheim gewesen, auf Kurzbesuch, und davon berichtete sie.

»Wie schön wir es haben könnten – wenn alles nur anders gekommen wäre!« – Das war der Tenor ihrer Erzählungen, und Alexander nur allzu bekannt.

Wie gesagt, Ulla stammte aus der österreichischen Provinz, aus einem Kurort in Kärnten. Ihre Familie, vor allem der Großvater, hatte dort ein Imperium von Hotels und Hotelpensionen aufgezogen, das prächtig floriert hatte. Des Großvaters Fehler war es aber gewesen, daß ihm, als dem glühenden Nazi, der er gewesen war, der Umstieg auf die neuen Verhältnisse nach dem Zusammenbruch, wie er das Ende der Nazi-Herrschaft mit dem landläufigen Ausdruck nannte, nicht recht geglückt war. Zwar hatte er sich, wie viele andere auch, eifrig den Stäben der Besatzungsmächte, den politischen Gruppierungen des neuen Österreich angedient – aber eben doch nicht mit letzter Entschiedenheit.

»Ich bin ein aufrechter Mann«, sagte er gern, mit düsterer, störrischer Miene; und sein kleiner, bürstenförmiger Schnurrbart sträubte sich dabei.

»Wenn alle untreu werden …« war denn auch sei liebstes Lied gewesen. – Trotz allem: Ulla hatte den Großvater gern gehabt.

Nach seinem Tod hatte Ullas Vater die schon angeschlagenen Hotelbetriebe übernommen, aber nicht mehr nach oben bringen können: Im Gegenteil, er hatte sie noch mehr heruntergewirtschaftet. Es fehlte einfach am nötigen Kapital, um einen Neuanfang zu setzen.

»Jetzt will er auch noch in die Politik gehen! Für diese, du weißt schon, für diese – diese Nazi-Partei will er kandidieren!«

»Was hast du denn schon groß von deinem Vater gehabt?« fuhr Alexander da auf, jetzt wirklich ungehalten. »Er war doch eine einzige Enttäuschung für dich! – Außer Ohrfeigen hast du doch nichts von ihm bekommen. Geprügelt hat er dich! Du hast es mir selber erzählt! Das war seine Art von Erziehung. Daß ich nicht lache!«

Er hätte wohl noch eine Weile so weitergegrollt, Müdigkeit und alter, eingewurzelter Frust verbanden sich in ihm zu einer brisanten Mischung, hätte Ulla nicht auf einmal heftig zu schluchzen begonnen.

Da nahm er sie in den Arm.

»Vergiß ihn doch! Vergiß das Ganze.«

Anderntags meldete sich in aller Früh, ehe Alexander noch aus dem Haus war, Doktor Steininger, der Papa.

Wie üblich ging er auf Alexanders Ausführungen kaum ein – er wollte ihn unbedingt gleich zum Mittagessen sehen. Als Alexander daraufhin beteuerte, er habe zu tun, in der Galerie, Frau von Orban erwarte ihn, stellte Steininger schnell auf einen Abendtermin um.

»Also, um halb sieben?« sagte er ein paarmal hintereinander: »Um halb sieben. Wie üblich. Abgemacht?« und hängte ein.

Ulla saß im flauschigen Morgenmantel Alexander gegenüber am Tisch und hob ihre Kaffeetasse zum Mund.

Sie bewohnten eine geräumige Wohnung im dritten Bezirk, unweit des Belvedere. Die Straßen dort waren ruhig – kaum Autoverkehr.

»Da kommst du bestimmt wieder spät heim«, sagte Ulla in die Stille hinein.

»Du magst doch den Papa, du magst ihn doch?!« entgegnete Alexander, ohne auf die Frage seiner Frau recht eigentlich einzugehen, und strich sich Butter auf seine Semmel.

Ulla nippte an ihrer Tasse.

Sie frühstückten schweigend weiter. Es war eine Art gespannter Ruhe zwischen ihnen, die weder gut noch ungut war und die sich zuletzt in einer kurzen, heftigen

Umarmung löste, gleich da, in der Küche, auf der Bastmatte vor der Einbaufront.

*

Die Räume in der Galerie waren festlich erleuchtet, das Gold der Bilderrahmen übertraf noch das Strahlen der Lampen mit fließendem, elektrisierendem Glanz, und beides, Licht und Glanz, legte sich über Gesichter und Kleider der Gäste, die allein oder in Gruppen herumstanden, miteinander plauderten oder die Gemälde bewunderten.

Dieser Abend sah die Eröffnung einer Ausstellung rund um Waldmüller, Gauermann und wie sie alle heißen: österreichisches Biedermeier.

Alexander schätzte die Biedermeier-Malerei wenig. Die Bilder verkauften sich einfach gut. Das war alles.

Angeregt vom festlichen Anlaß, fühlte er sich wohl unter den Leuten, mit denen er vielfach bekannt war, mit dem einen oder anderen hatte er dieses oder jenes Geschäft schon abgewickelt.

Als dann, zum Höhepunkt der Eröffnung, von einer Kammersängerin ein paar Schubert-Lieder vorgetragen wurden, die Chefin, Frau Orban, begleitete sie leidlich auf dem Flügel, stand er erhobenen Hauptes da und versuchte sich einzureden, daß die leise Wehmut, die er jetzt empfand, bloß von der noch nicht ganz verdauten Rückreise von Amerika herrührte.

Oder bin ich einfach sentimental, fragte er sich.

»Da bin ich aber gespannt, ob der Lugger heute was kauft«, raunte ihm die Orban im Vorüberschweben zu.

Einer Dame brach plötzlich ein Stöckel ab. Auch der deutsch-amerikanische Industrielle, der wie immer eine rot-weiß-rot gestreifte Fliege umgebunden hatte, mit seinem blödsinnigen Faible für alles Wienerische, war erschienen. Eine Menge Adelige. – Frau Orban, die eigentlich von Orban hieß, bevorzugte ganz unverhohlen die jungen, noch ledigen aristokratischen Dämchen, stellte sie etwa unter Aufbietung ihres bei dieser Gelegenheit zur Hochform auflaufenden Charmes wichtigen Leuten vor; oder solchen, die sie für wichtig hielt.

Wirtschaftsleute, die ab und zu großkotzig auf die Uhr schauten. Ihre aufgedonnerten, meist farblosen Frauen. Botschaftspersonal. Gelegenheitspublikum. Ein paar Größen und Möchtegern-Größen vom Theater. Adabeis.

Der junge Kopitzky war auch da.

Der war nun ganz bestimmt kein Adabei! – Alexander konnte diesen Kerl, diesen jungen Kopitzky, wie er auch genannt wurde, nicht ausstehen. Dabei stammte der aus einer alteingesessenen Familie, war Mitglied im Vorstand des Familienkonzerns: Textilindustrie! – und also höchst zahlungskräftig.

Der Blick, mit dem er Alexander bei der jeweiligen Begrüßung musterte, kam stets leicht belustigt von oben herab, als wollte er sagen: »Mir kannst du nichts vormachen, mein Kleiner! Da kannst du dich noch so verrenken.«

Was hat er nur gegen mich, fragte er sich und schaute sich nach der schlanken, eleganten Erscheinung des jungen Kopitzky um, ohne indes, wie es seine Art war, den Gedanken bis an ein Ende zu verfolgen.

Am einfachsten war es, den Kerl einfach abzutun.

Mit seinem blassen Gesicht, den arroganten, dunklen Augen hinter Brillengläsern. Ihn zu hassen; anflugsweise. – Vielleicht sogar aus ganzen Herzen?

Alexander empfand also keinerlei Bedauern, als er noch im selben Jahr hörte, daß der junge Kopitzky in eine Massenkarambolage auf der Autobahn verwickelt worden und dabei im Wrack seines Autos umgekommen war.

*

»Der junge Kopitzky will ein Bild kaufen, will ein Bild kaufen«, raunte Frau Orban Alexander zu, als sie in ihrem Kleid aus wallenden Seidenbahnen rauschend vorübergeschwebt war.

Nachdem alle Gäste gegangen waren, die Putzfrauen in der Galerie schon aufräumten, kam sie darauf zurück: »Da bin ich aber besonders stolz – auf dieses Geschäft!«

Die Kopitzkys, die Familie, besaßen nämlich ein Hauptwerk von Waldmüller – den sogenannten »Vorfrühling«.

Das war ein ganz besonders schönes Bild.

*

»Und wie geht's uns zu Haus?« fragte Frau von Orban anderntags, gleich nachdem Alexander in ihr Büro getreten war.

Ulla hatte eine Unpäßlichkeit vorgeschützt und war nicht zur Eröffnung gekommen.

Alexander überging die Frage der Orban, weil er wußte, daß sie ohnehin nur beiläufig gestellt war.

Das Büro der »Chefin« war hell, geräumig und spärlich mit erlesenen Möbeln ausgestattet. Ein großer, stets frischer und vom Lieferanten am Kohlmarkt wohlarrangierter Blumenstrauß stand auf einem der Konsolentische an der Wand, zwischen denen ein großer, golden gerahmter Spiegel hing, in dem sich neben dem Blumenstrauß auch Frau Orban spiegelte, wenn sie, wie eben jetzt, hinter ihrem Schreibtisch thronte.

Ja, sie war eindrucksvoll, diese Frau Orban. Wußte sich großartig in Szene zu setzen. Und ihre erstklassigen Verbindungen erst!

Seit vielen Jahren führte sie die Galerie in der Innenstadt, kannte die Szene, war auch international bekannt.

»Schon lang vor dem Krieg hab' ich angefangen«, begann sie gern, ihre Ausführungen mit einem leisen Seufzer untermalend. Und obwohl Alexander doch genau wußte, daß mit dem Krieg nur der Zweite Weltkrieg gemeint sein konnte, war ihm doch gelegentlich, gegen jede Vernunft, es sei der sagenhafte Erste Krieg gemeint. Überhaupt hatte die Orban etwas an sich, das ihn manchmal die gegebenen Umstände vergessen ließ, das Uhrwerk seines Verstandes stand dann still, und er überließ sich angenehmen Vorstellungen, Träumereien von Macht und Größe, die sich wohl niemals realisieren würden. Oder vielleicht doch?

Freilich, die Orban war voller Dünkel, konnte hochfahrend und unbeherrscht, ja rücksichtslos sein. Allerdings verstand sie es meist, ihre wirklichen, für gewöhnlich ganz profanen Absichten hinter freundlichen oder zumindest verbindlich wirkenden Gesten zu tarnen.

Sie war verschlagen und schlau, die Orban. Konnte

Leute, die ihr nicht zu Gesicht standen, ganz leicht und kalten Herzens vor den Kopf stoßen. Ein Lächeln von ihr bedeutete nicht viel. Geschickt verstand sie es, den Eindruck zu erwecken, sie sei nicht ganz von dieser Welt – dabei hatte sie ihren Vorteil doch immer im Auge. Und ihre Augen blickten scharf.

Und doch, bei all ihrem Scharfblick merkte sie nicht, die Gans – jedenfalls deutete nichts, aber auch schon gar nichts darauf hin –, daß er, Alexander, gelegentlich bei einem seiner Verkäufe, bei einem Geschäft, das er eingefädelt hatte, ein wenig – oder eben auch ein wenig mehr – von der Verkaufssumme, von dem Geld für sich in die eigene Tasche abzweigte.

Er bestahl die von Orban.

Und sie, die dumme Gans, merkte nichts davon!

*

Nach einem ausführlichen, fast durchwegs ohne Unterhaltung eingenommenen Abendessen am großen Eßtisch – die Schwiegermutter war steif und korrekt, mit verkniffenen Lippen neben Alexander gesessen, die weißen, wohlgefalteten Leinenservietten hatten geknistert, die Bestecke geklappert – saß er jetzt allein und übriggeblieben mit dem Schwiegervater beisammen.

Der Schwiegervater hatte es sich beim Essen nicht nehmen lassen, mit seinem Messer energisch gegen sein Bierseidel zu schlagen, ein altmodisches, hochgezogenes Glas; und dann hatte er eine kleine Begrüßungsansprache gehalten, daß er sich über das familiäre Zusammenkommen freue undsoweiter.

Beim Hinausgehen hatte die Schwiegermutter die Lichter des großen Lusters gelöscht, der Schwiegervater hatte sie gleich wieder aufgedreht.

»Zuerst war ich ja in Jugoslawien unten eingesetzt«, erzählte er, »in den Bergen südlich von Zagreb. Du kennst die Gegend? Nicht sehr aufregend da. Dreckige, verkommene Nester. Miserable Leute!«

Alexander schenkte sich vom Wein nach.

»Im Vergleich zu den Leuten von der Ustascha waren wir doch ungleich – wie soll ich sagen – anständiger! Die Einstellung hat bei uns einfach gestimmt.«

Der Schwiegerpapa schaute Alexander ins Gesicht. Der tat so, als überlege er, und unterdrückte ein Gähnen.

Wenigstens redet er heute nicht von seinen Bergtouren, den hochgejubelten Gipfelsiegen und Skiabfahrten!

Der Schwiegervater erzählte weiter: von guter Kameradschaft, von Kampf und Disziplin, dann wechselte er jäh das Thema und beklagte sich darüber, daß das Geschäft, die Hotellerie, gar zu schlecht gehe.

»Die Leute kommen einfach nicht mehr! Was ich auch tue – es läuft nicht richtig. Es ist ja auch politisch eine einzige Sauerei hier im Land! Wo wird das alles noch enden?!«

Durch ein kurzes Handheben gab Alexander ihm vage recht.

*

Nach dem Frühstück am nächsten Tag unternahm er mit Ulla einen langen Spaziergang zur Seepromenade hinaus. Sie schauten über den See zu den großen, waldartigen Baumbeständen hinüber, die auf der anderen Seite des Wassers einen dunklen, träumerisch im Wasser sich spiegelnden Saum bildeten.

Der kaum vergangene Winter hatte eine feine Staubschicht über alles gelegt. Träg flimmernd und stellenweise bunte Farbfunken aufschlagend, löste sich der Belag jetzt allmählich auf.

Es würde der schönste Sommer werden!

Ulla und Alexander gingen, ohne sich groß zu unterhalten, nebeneinander her.

Auf dem Rückweg, sie näherten sich schon der Villa, hörten sie von fern die keifende Stimme der Mutter:

»Was kannst du eigentlich – außer Saufen?! Schulden machen! Schulden machen!«

»Das geht auf Vati«, sagte Ulla.

Ihr war der Streit der Eltern natürlich peinlich. So bogen sie vor dem Haus ab, und sie führte Alexander zu einem mit Efeu bewachsenen Platz im Garten hinunter, an die Grenze des Grundstücks – ein Bächlein ringelte sich dort –, wo sie als Kind immer gern Frühlingsblumen gepflückt hatte.

»Ich hab' dann kleine Kränze daraus geflochten.«

Sich herdrehend, und das kam jetzt nun wirklich überraschend für Alexander, rief sie leise und wie atemlos – und sie schaute Alexander dabei mit einem ihm späterhin ganz unvergeßlichen Blick in die Augen: »Laß uns doch ein Kind haben! Laß uns ein Kind haben.«

*

Doktor Steininger ging jeden Tag so gegen zehn in die Firma und blieb gewöhnlich bis Mittag dort.

Nach einem ausführlichen Essen, das er, je nach Laune, in einem der gerade angesagten Innenstadtrestaurants einnahm, schaute er noch einmal im Büro vorbei: Stand nichts ganz, ganz Wichtiges auf der Agenda, war er meist ab drei unterwegs. Er hatte, wie er es nannte, eine Besorgung.

In dieser kleinen Bar in der Spiegelgasse, dem Sesam, war er dann meistens zu finden: Er stand an seinem Stammplatz an der Theke, plauderte mit seinesgleichen oder mit einer der Barfrauen, die dort ab Mittag Dienst machten. Papa interessierte sich sehr für Kunst, für bildende Kunst, aber auch für die Musik, für schöne Autos, für's Skifahren. – »Aber mehr für's Après-Ski!«

Überhaupt war er ganz und gar unsportlich, übergewichtig und zu kurz geraten, was er freilich durch höhere Absätze und seine erstklassigen Anzüge und Mäntel zu kaschieren suchte.

Seine Wangen waren rosig und rund, ein wenig gedunsen vielleicht, was noch dadurch unterstrichen wurde, daß er sehr volle und rote Lippen hatte und seine Sprechweise von der ein wenig nachlässigen Art war, wie sie in den besseren Vierteln der Stadt von den dort Ansässigen geübt wird.

Ein Filzhut, schwarz und ausladend, ein wenig verwegen nach hinten geschoben, krönte die Erscheinung.

Ja, der Doktor Steiniger sah durchaus nicht wie ein Geschäftsmann aus. Und er fühlte sich auch nur sehr randweise als solcher. Das heißt, er war stolz darauf und eingenommen von der Tatsache, daß er eine, wie er sich ausdrückte, gestandene Firma sein eigen nannte und führte. – »Schließlich sind wir lang im Geschäft! Sehr lang.« – Er hatte die Kanzlei geerbt.

»War der Steininger heut' schon da?« fragte die schwarze Eva im Sesam ihre Kollegin, die gerade für eine bereits sehr fidele Herrengruppe eine Flasche Sekt aufmachte.

Da trat, aus dem Sonnenschein der Straße der eben Genannte mit unternehmungslustig aufgeknöpftem Mantel herein, und ehe er noch den Hut abnahm, stieß er unter seinem buschigen, melierten Schnurrbart hervor: »Das ist vielleicht ein schöner Tag heut'!«

Nach ein, zwei Stunden im Sesam, gewöhnlich verbracht bei Geplauder und Getändel, wechselte der Doktor Steininger in den Cercle Royal an der Kärntner Straße. Nicht das Sesam war seine Endstation, es war der Roulettetisch in dem kleinen, privaten Spielsalon im ersten Stock eines gepflegten Gründerzeithauses, wo man, so man Lust und Muße dazu hatte, zwischen den rotsamtenen Draperien und den schneeweißen Stores an den Fenstern auf die Kärntner Straße und das zu jeder Stunde lebhafte und verwirrende Treiben dort hinunterschauen konnte.

Der Page am Eingang bekam nicht jeden Tag Trinkgeld, sondern nur dann, wenn Steininger hoch gewonnen hatte. Der Kassierer legte dem Doktor im Wechsel gegen ein paar Geldscheine schon automatisch die sortierten Jetons her.

Vielleicht wäre es gar nicht so abwegig zu sagen, daß die Stunden, die der Doktor im Cercle zubrachte, seine eigentliche Arbeitszeit waren. Er spielte System, immer kontrolliert und von der erhöhten Warte des Wissenden aus. So viel er auch immer verlor – und manchmal auch gewann –, immer blieb er der liebenswürdig lächelnde Herr, der selbstgewisse Grandseigneur, der sich die Zeit auf seine Weise vertreibt, und weil es ihm so beliebt.

Stand er nach Stunden von seinem Sessel auf und strich sich gedankenverloren die Aufschläge seines Anzugs und die Krawatte glatt, waren seine Bewegungen behutsam und von jener Eleganz, wie sie nur eingefleischte und wohlgeübte Galanterie dem Leben gegenüber, einem selbst und überhaupt allem gegenüber hervorbringt.

»Die Hertha meint ja auch, ich sollte ein bißl abnehmen?!« dachte er dann gelegentlich vor einem der Spiegel auf der Toilette.

*

»Was meinst du? Soll ich dieses Kleid anziehen – oder doch eher das?« Ulla stand in der Tür von Alexanders Zimmer, sie hielt sich ein Kleid vor, ein rosa Mantelkleid, in der anderen Hand hatte sie ein zweites auf einem Bügel.

»Aber wir gehen doch erst nächsten Sonntag!«

Alexander meinte damit einen Besuch bei Papa, beim Steininger, den er, so kam es immer wieder vor, schon mehrmals hinausgeschoben hatte.

So gern und eifrig er nämlich Papa abends allein traf, zu einem Ausgang, wie sie es nannten, oder zu anderen Unternehmungen, so wenig erfreut war er über Ullas Vorfreude, über ihre stets erwartungsvollen Vorbereitungen auf eines dieser doch eher seltenen Treffen.

»Ich hab' doch erst gestern mit Papa telephoniert.«

Kann es sein, daß ich wegen des bißchen Vergnügens auf sie neidisch bin, dachte er, während er Ulla nachschaute: Sie sollte ein bißchen mehr unter die Leute.

Steininger betrieb eine Steuerberatungskanzlei, genauer gesagt, er hatte sie von seinem Vater und der wieder von seinem Großvater übernommen. Papa hatte Betriebswirtschaft studiert, und eher lustlos, aber ohne jeden Widerstand, so seine Standardschilderung, war er in die Kanzlei eingetreten. – »Ich war ja nicht blöd! Was hätte mein Vater sich außer der Steuerberaterei auch für mich vorstellen sollen?!«

»Der Krieg – das war nix für mich. Ich bin doch immer ein Freund der Heiterkeit gewesen!«

In letzter Zeit, das war Alexander aufgefallen, war Papa etwas fülliger geworden, und er atmete auch hörbar, wenn er sich etwa bücken mußte oder sich im Gespräch ein bißchen erregte.

Papa hielt auf klassisch gebaute Maßanzüge, auf gestreifte und gut gestärkte Hemden, samt den passenden Manschettenknöpfen, komplettiert durch breite Krawatten und ein unaufdringliches Herrenparfum, das sich mit dem Ledergeruch der eingesessenen Sitzgarnituren in der Kanzlei, der leicht angestaubten Präsenz von Akten und noch mehr Akten auf geschnitzten Borden zu einem eindrucksvollen und unverwechselbaren Ganzen verband.

»Weißt du, Papa hält sich für einen Lebenskünstler!« sagte Alexander jetzt ein wenig zerstreut zu Ulla, die eben, nur mit Höschen und BH bekleidet, sich ein anderes Kleid vorhaltend, bei ihm wieder eingetreten war.

»Glaubst du, das paßt besser? – Paßt das besser?«

Recht apart, dachte Alexander bei sich.

Er warf Ulla von der Seite her einen taxierenden Blick zu, und da, für einen flüchtigen Moment empfand er wieder dieses komische Mitleid, dieses befremdliche Gefühl.

*

An der Tür wurden sie wie üblich nur von der Frau Doktor empfangen. Papa zog es vor, im Wohnzimmer die Drinks herzurichten oder sich sonstwie, wie er gern sagte, nützlich zu machen.

Die Frau Doktor musterte Ulla von oben bis unten, und daran, daß sie ihr beim Hineingehen ins Haus den Arm um die Schultern legte, merkte Alexander oder wollte es zu seiner Beruhigung merken, daß sie mit Ullas Aufmachung nicht uneinverstanden war.

Na also!

Ehe man sich zu Tisch setzte, wurde vor dem Kamin im Eßzimmer erst einmal angestoßen. Die Steiningers bewohnten eine weitläufige Wohnung in einem schönen Haus – gar nicht weit von Alexander und Ulla entfernt.

Papa gab ein paar Geschichten aus der Kanzlei zum besten, er ließ sich, wie üblich, über seine Kundschaften aus.

»Also, ihr würdet gar nicht glauben, wieviel Schufte und Bankrotteure es in der Stadt gibt! – Der Kramer – ihr kennt ihn ja? – der mit dem großen Juweliergeschäft am Kohlmarkt – das mit den gläsernen Erkern – der ist endgültig ruiniert.«

»Es genügt ja, wenn du *unser* Geld zusammenhältst«, unterbrach ihn ein wenig schrill seine Frau.

»Worauf du dich verlassen kannst, Liebling!«

Daheim bei Papa fühlte Alexander sich überhaupt nicht wohl. Papa schien es ähnlich zu gehen. Die Reden von Frau Steininger, meist über Oper oder Theater, gingen Alexander auf den Geist. Sie flirtete ein wenig mit ihm, auf eine Art, die ihm lästig war. Was sollte er schon mit ihr anfangen?! Papa wiederum beschäftigte sich ausschließlich mit Ulla, er redete ununterbrochen auf sie ein. Jetzt war er gerade bei Pferdewetten angelangt und daß die Krieau bei weitem der Freudenau vorzuziehen sei. Die Preisgelder da!

»Ihr solltet einmal mitkommen!«

»Er hört sich so viel gern reden«, bemerkte die Frau Doktor, »dabei kann er so charmant sein.«

Endlich war das Essen vorbei. Frau Steininger nahm Ulla beiseite. Papa und Alexander durften ins Nebenzimmer eine Zigarette rauchen gehen.

*

An einem schönen Tag im Frühsommer, die Lindenbäume hatten eben ihr samtiges Laub angesetzt, und in den blanken Auslagscheiben der Geschäfte spiegelte sich der Corso der Touristen, der Flaneure und Spaziergänger, war Ulla auf der Kärntner Straße unterwegs, und wie man an zwei Tragetaschen, die sie in Händen hielt, leicht erkennen konnte, gehörte sie zur Gruppe der Einkaufenden.

Mitten im Passantengewühl traf sie unvermutet auf

Papa, auf den Doktor Steininger, der gerade, schon etwas benäßt und in jener abgematteten Laune, die ihn in letzter Zeit öfter überfallen hatte, ins Spielcasino hinüberwechseln wollte. Er hielt kurz an, als er Ulla vor sich sah, und fuhr sich mit der Hand übers Gesicht.

Um irgendetwas zu sagen, und um die Peinlichkeit des überraschenden Zusammentreffens aufzuheben, lud er Ulla auf einen Kaffee ein.

Sie setzten sich vor das Hotel Europa heraus, und eine Weile unterhielten sie sich, wie es üblich ist, wenn man sich nichts zu sagen hat, über das Wetter. Steiningers Gesicht sah im Sonnenlicht grau und, ja, viel verlebter und müder aus, als sie es in Erinnerung hatte. Auch sah sie zum ersten Mal, daß sich sein Haar schon überall zu lichten begann.

»Mein Gott!« sagte er, als er merkte, daß Ulla ihn musterte. »Verzeih mir!«

Er legte die Hand auf den Tisch und lächelte sie freundlich an. Ein bißchen, kam ihr vor, sah er mit seinen rosa Lippen und dem treuherzigen Blick wie ein Clown aus. – Das Lächeln, das sie ihm zurückgab, blieb aber nicht, wie sie es vorgehabt hatte, bloß angedeutet, es war ebenfalls freundlich.

Die Begegnung mit Steininger war Ulla aufs erste mindestens ebenso unangenehm wie diesem. Schon morgens, gleich nach dem Aufstehen, und erst recht, nachdem sie allein in der Wohnung zurückgeblieben war, hatte sie sich niedergeschlagen gefühlt; nicht eigentlich traurig zuerst, sondern wehmütig, ja wehmütig auf diese sanfte und besondere Art, wenn ein untergründiger, undeutlich sich regender Widerwillen gegen alles und jedes sich momentweise zu einem Gefühl des Stolzes und des Beharrens darauf wandelt, daß man ist, was man ist.

Ich hab' doch alles richtig gemacht?!

Gegen Mittag hatte sie es nicht mehr ausgehalten, sie war mehr oder weniger Hals über Kopf davongestürzt und zur Stadt gefahren. Erst in der Straßenbahn, vor der draußen in bunten und hellen, schwankenden Flecken das alltägliche Leben vorüberzog, hatte sie sich gefragt: Was, um Himmels willen, suche ich eigentlich in der Stadt?

Dann hatte sie eingekauft: ein paar Sommersandalen; ein leichtes Kleid; einen Schal. – Und jetzt saß sie Papa gegenüber!

Ganz plötzlich, und wie von selber, liefen ihr im Kaffeehaus die Tränen über das Gesicht. Der Steininger reichte ihr sein Taschentuch herüber. Dann hörte er Ulla reden: Sie erzählte von ihrem Mann, von Alexander – von der Veränderung, die mit ihm vorgegangen war. Von seiner Gleichgültigkeit und Kälte! Von seiner Gemeinheit.

»Ich weiß ja, was er treibt! Daß er säuft. Daß er zu Huren geht!«

Ob er wollte oder nicht: Papa fühlte sich zwar einerseits ein bißchen mitschuldig – aber andererseits von Ullas Schilderung angeregt.

»Wir sollten vielleicht einen Schluck trinken gehen?!« schlug er vor.

So kam es, daß er mit Ulla ins Sesam zurückkehrte. Die Bardamen drehten sich mit hochgezogenen Brauen auf ihren Hockern herum. Die männlichen Gäste, soweit sie Steiniger kannten, schmunzelten: Ja sowas war doch noch nicht vorgekommen! – »Jetzt bringt er seine Weiber schon am hellichten Tag daher!«

Ganz in der Nähe und kommod gelegen, lag dieses kleine Hotel.

Erst hatte Ulla sich ein wenig geziert. Aber ganz zu Papas freudiger Überraschung waren sie bald – im übrigen ganz geschäftsmäßig und wie selbstverständlich – dazu übergegangen, einander regelmäßig zu treffen.

»Wenn du nur wüßtest, wie arg meine Kindheit gewesen ist!«

»Weshalb denn?«

»Mein Vater – der kleine Nazi! Dieser kleinkarierte Versager.«

Ulla war üppiger geworden und überraschte Papa öfter mit ausgesuchter Unterwäsche, mit Miedern, Stökkelschuhen oder Nahtstrümpfen. Kaum waren sie auf dem Zimmer, schmuste sie ihn auch schon ab. Er hatte den leisen Verdacht, daß sie trank, vielleicht auch schon leicht angetrunken zu ihren Rendezvous kam. Da er aber selbst meist nicht mehr ganz nüchtern war, sagte er nichts. Was hätte er auch sagen sollen?

Wie herrlich war es, sich in das bereitwillig sich darbietende Fleisch zu wühlen, mit allen zehn Fingern in das feste schwarze Haar zu greifen, den dick geschminkten und etwas schmierigen Mund abzuküssen? – Manchmal schluchzte der Papa laut auf. Was konnte er schon dafür?! Er, der sich immer hatte helfen können – jetzt konnte er es nicht.

Da kam es dann vor, daß Ulla, so liebestoll und hingebungsvoll sie auch war, mit einem Mal einen harten und bösen Gesichtsausdruck bekam und ihn wegstieß. Einmal hatte sie ihm sogar ins Gesicht gespuckt.

Vielleicht genoß Steininger ihre Ausfälligkeiten sogar. Waren diese Ausbrüche doch nur Vorspiel und Überleitung zu noch bedingungsloserer Hingabe.

Alexander wußte von diesen Zusammenkünften naturgemäß nichts. Und er wäre wohl auch nie nur im Entferntesten auf die Idee gekommen, es könnte solche Zusammenkünfte geben.

Einmal wieder lagen Papa und Ulla erschöpft auf dem Bett.

»Weißt du – seit der Krieg vorbei ist – aber das ist wohl auch nur so eine Redensart? – weiß ich nichts Rechtes mehr mit mir anzufangen.«

»Na, geh!« sagte Ulla und beugte sich sanft spöttisch lächelnd, mit baumelnden Brüsten, zu ihm herunter: »Was soll ich denn sagen?«

An einem dieser langen, leeren Vormittage, ehe sie in die Stadt hineinfuhr, um Papa im Hotel zu treffen, begann Ulla damit, das schöne Porzellan, das sie zur Hochzeit und von den Eltern als Aussteuer bekommen hatte, aus dem Schrank zu räumen, Stück für Stück, mit lauwarmer Lauge zu waschen und schließlich mit einem weichen Tuch wieder trockenzureiben. Sie warf einen kurzen Blick auf die Motive des Porzellans, polierte mit dem Tuch noch nach. – Dann stellte sie die Teller, Tellerchen und Tassen wieder in den Schrank.

Danach sortierte sie im Schlafzimmer Bettücher, Tischwäsche, Servietten, legte jedes Stück säuberlich in seinem Fach zurecht, die gefalteten Büge gerade ausgerichtet und vorn an der Schauseite.

Es war ein schöner Frühlingstag, und das Grün an den Bäumen in der Straße, deren Äste zu den Fenstern herzeigten, war schon leuchtend und voll, daß man hätte meinen mögen, der Sommer sei bereits da. Verworren drang Kindergeschrei von der Straße durchs Fenster herauf.

Sie war mit Papa verabredet; beschloß aber mit einem Mal, nicht zu fahren. Die Reizwäsche, die sie vorbereitend herausgelegt hatte, gab sie in den Schrank zurück.

Mit jener Ruhe, die einer nur hat, wenn ihm vorkommt, er ist der einzige Mensch auf der Welt, ging Ulla in die Küche und zur Kredenz.

Beim Hausarzt hatte sie seit längerer Zeit über Schlaflosigkeit und Kopfschmerzen geklagt und auf diese Art einen Vorrat von Tabletten sich angelegt.

Undeutlich dachte sie an ihre Kindheit in Kärnten, wie elend und kleingemacht sie sich immer gefühlt hatte. – Was soll's?!

Sie ließ die Tabletten aus den Röhrchen in ihre Hand gleiten und schluckte sie in der Küche, immer ein paar auf einmal, mit lauwarmem Wasser aus dem Hahn an der Abwasch. Sie war nicht einmal schlecht aufgelegt.

Drittes Buch

1. Nach seiner Entlassung aus dem Seminar kehrte Paul nie mehr nach Kirchdorf zurück. Er meldete sich weder bei seiner Mutter, noch bei seinem Bruder, noch bei irgendeiner Verwandtschaft. Sah er im Menschengewühl, etwa auf einer der großen Wiener Einkaufsstraßen, jemand, Mann oder Frau, auf sich zukommen, der ihn auch nur von fern an einen Bekannten von früher, an eine Bekanntschaft aus Kirchdorf erinnerte, suchte er das Weite. Er drehte sich weg oder bog, wenn möglich, in eine der Seitengassen ab. Er wußte nicht einmal, ob seine Mutter noch lebte.

Nach dem Hinauswurf aus dem Seminar hatte er sich eine Weile lang treiben lassen.

Dann hatte er in der Auslage eines Supermarktes ein Schild gesehen, auf dem gestanden war: Hilfskräfte gesucht!

Seit Jahr und Tag arbeitete Paul jetzt in einem Geschäft in der Vorstadt, in der Meidlinger Hauptstraße. Er schlichtete dort die neu hereinkommende Ware in die Regale ein. Das war sein Job.

Er wohnte zur Untermiete in einer kleinen Wohnung auf dem Wienerberg und ging von dort jeden Morgen durch die grauen, baumlosen Gassen zur Arbeit, die Meidlinger Hauptstraße hinunter.

Äußerlich war er von den anderen Passanten in seinen abgetragenen Kleidern, den Sportschuhen und, je nach Jahreszeit, einem Pullover, einer Jacke oder einem kurzen Mantel darüber, kaum zu unterscheiden.

Paul, jetzt wohl um die dreißig, war noch immer schlank und drahtig von Gestalt. Sein Gesicht war immer noch glatt, sein schwarzes Haar voll und über der Stirn zu einem Schopf aufgewölbt. Sein Gang war elastisch.

Er schlenderte durch die vollgeparkten Gassen in Richtung Meidlinger Bahnhof und sah da und dort einem Hund zu, wie der zwischen die abgestellten Autos pißte.

Pauls Äußeres machte also nicht viel von sich her, und er war sehr verschlossen – er redete ja nicht gern, beteiligte sich so gut wie nie an den Gesprächen im Umkleide- und Pausenraum des Geschäfts, und wenn, dann höchstens mit einem freundlichen, ein wenig zerstreuten Lächeln.

Zwar machten die Frauen, die Ladnerinnen und Kassiererinnen, sich gelegentlich über ihn lustig. Ins Gesicht hinein war man freundlich zu ihm. Er war zuvorkommend und hilfsbereit. Insgeheim schaute die eine oder andere Verkäuferin diesen Mann, diesen Paul, vielleicht nicht ungern an: Mag sein, daß hinter seiner zur Schau getragene Unnahbarkeit und Würde sich etwas ganz Besonderes verbarg? Er sah ja auch reizend aus. Wie ein Bub fast noch. Doch das Wichtigste war: Der hatte ein Geheimnis!

Bei der Geschäftsleitung stand Paul im Ruf eines fleißigen, verläßlichen, wenn auch ein wenig störrischen Mitarbeiters. Versuchen, ihn an eine andere Filiale zu versetzen, wenn dort gerade Bedarf nach einer Aushilfskraft war, wußte er sich mit Ausflüchten stets zu entziehen, und die gelegentlichen Aufforderungen des Geschäftsführers, er möge sich doch für eine höhere Stelle ausbilden lassen, wies er freundlich, aber bestimmt zurück.

»Ich habe, was ich brauche«, erwiderte er bei solcher Gelegenheit, legte den Kopf schief und musterte sein Gegenüber spöttisch.

»Na denn!« war denn auch für gewöhnlich das Schlußwort des Filialleiters.

Bei der Arbeit war Paul genau, um nicht zu sagen pingelig. Er konnte es gar nicht leiden, wenn etwa von einer anderen Hilfskraft irgendein Paket falsch eingestellt worden war. Er achtete auch immer darauf, die Fluchtlinie der Ware am Regal aufs Genaueste einzuhalten. Da mußte alles schön ausgerichtet sein. Die geleerten Kartons riß er an den Klebestellen sorgsam auf und legte sie flach zusammengepreßt für die Altpapiersammlung zurecht.

Seine Arbeit verrichtete er vollkommen mechanisch. Oder war es doch eher so, daß unterhalb des Mechanischen allerhand in ihm vorging, in seinem Kopf? – Hätte ihn je einer gefragt, was er denn dachte, und es geschah ja auch hin und wieder, meist scherzhaft, mit einer Prise Hohn gewürzt und stets ohne Erfolg – Paul hätte, wenn er denn geantwortet hätte, wohl sagen müssen: Ich weiß nicht so genau.

Es war ihm offenbar angenehm und recht, daß seine Arbeit keinerlei Anforderungen an ihn stellte, daß all diese Dosen, Kartons und Schachteln mit ihren bunten, je so oder so gestalteten Aufdrucken und Beschriftungen, mit ihrer Form und mit ihrem Gewicht seinen Sinn vollkommen ausfüllten.

Die freien Stunden, und insbesondere die Wochenenden, verbrachte er meist allein, auf irgendeiner Wiese an der Stadtperipherie, oder er ging zwischen den langen Zeilen der ausgedehnten Schrebergartensiedlungen gegen Siebenhirten hinaus, oder er fuhr in den Wienerwald. Dort, auf einer der zur Stadt hinunter sich öffnenden Wiesen las er in den Zeitungen, die er sich mitgebracht hatte, oder studierte ein Buch.

Vom Wienerberg – das war denn auch sein nächstgelegener und also häufigster Spaziergang – konnte er, auf der von der Stadt und ihrer Ausdehnung abgewendeten Seite, über die unbebaut liegenden Felder und die fast leere Ebene da zu den Ausläufern der Alpenkette hinschauen, zum Schneeberg und den anderen Bergen, die sich, abgestuft, zu ihm herbogen. War nachmittags, wenn er zu seinem Gang aufbrach, das Gebirge hell überstrahlt, die Ebene breit ausgelegt zwischen Straßen und Wegen, den Trassen der Auto- und der Eisenbahn, leuchtete der Abend oft rot und gelb wie Feuer zwischen Wolken und Wolkenbäuschen her. All das erinnerte Paul an seine Kindheit. Wie war das nur damals gewesen? fragte er sich, allerdings ohne Beharrlichkeit.

Bücher von vorn bis hinten durchzulesen war nicht nach Pauls Geschmack. Er las vielmehr da und dort hinein, hier ein paar Seiten, dort ein paar Absätze. Er blätterte zerstreut. Mag sein, daß er das eine oder andere Buch auf diese Weise schließlich doch einmal zur Gänze las. Es hielt ihn aber nicht bei den Stellen, die er aufgeschlagen hatte. Er suchte gleich weiter und fing an anderer Stelle wieder mit dem Lesen an.

In der großen Leihbücherei am Ende der Meidlinger Hauptstraße, dort, wo der sonst in seinen Schmutz, seine Dürftigkeit versunkene Bezirk um eine Stadtbahnstation, um herausgeputzte Amtsgebäude und einen Grünmarkt sich fast städtisch belebt, in dieser Bücherei war Paul jedenfalls gut bekannt.

Anfangs entlieh er historische Romane, Memoirenliteratur, Berichte über geschichtliche Ereignisse, wie etwa die Rosenkriege in England, die Französische Revolution oder die Unabhängigkeitskämpfe in Amerika. Was konnte er sich nicht begeistern für Helden, Könige und Kriegsherren! Sie begeisterten ihn aber nicht wegen ihrer Größe und Bedeutung allein, sondern vor allem deshalb, weil sie es verstanden hatten, ihre Chance zu ergreifen, die Geschichte zu ihren Gunsten zu wenden. Sein eigentlicher Popanz war die Geschichte selbst oder, anders gesagt, das Schicksal mit seiner Macht und wie es sich in solchen Schlüsselfiguren erfüllt.

Mit der Zeit wechselte er zu philosophischer Literatur, zu theoretischen Schriften und dickleibigen Traktaten: Marx. Nietzsche. Sartre.

Es kam allerdings der Tag, wo Paul seine Lektüren schlagartig einstellte. Die zuletzt ausgeliehenen Bücher vergaß er sogar zurückzugeben. Erst auf eine Mahnung hin machte er sich zur Bibliothek auf.

In die Zeit, von der hier die Rede ist, fielen jene politischen Auseinandersetzungen, die heute unter dem Stichwort »Achtundsechzig« abgehandelt werden und deren letzte, verebbende Ausläufer bis heute undeutlich zu spüren sind. In jenem Jahr 68 kam es in Paris zum großen Studentenaufstand, Demonstrationen und Aufruhr in anderen europäischen Ländern, insbesondere in Deutschland, folgten. In Österreich blieb es vergleichsweise ruhig. Doch auch hier formierte sich ein Protestpotential, wie es im Polizeijargon hieß, meist junge Leute, kleine linke Gruppen, die mit dem Gang der Dinge nicht einverstanden waren.

Ein tiefer Widerwillen gegen das Unrecht der Welt, wie er es bei sich nannte, hatte Paul schon früh ergriffen. Wie es aber jetzt um seine Haltung stand, war schwer zu bestimmen. Man sah ihn nie auf einer der Demonstrationen, so viel steht fest. Fast hätte man bei ihm von einer heiligen Scheu diesen Dingen gegenüber sprechen können: Geriet er nämlich zufällig in die Nähe eines Aufmarsches oder sonst einer Aktion, sah er zu, sich so schnell wie möglich davonzumachen – vielleicht auch in Erinnerung an das Erlebnis damals mit Lukas, dem Freund aus dem Priesterseminar.

*

Es war nun wieder an einem freundlichen Tag auf der Mariahilfer Straße, daß ein Hündchen, ein schwarzer Pudel, sich seiner Besitzerin entwand, sich irgendwie von der Leine losmachte und davonlief, die Besitzerin hinterdrein. Paul liebte es, an Samstagen sich durch das Geschiebe und Durcheinander der Einkaufenden auf der Mariahilfer Straße treiben zu lassen. Er war dann stets von sonderbarer Heiterkeit erfüllt, von feinem Spott und einer Ironie, die ihre Energie gerade aus dem Wollen der anderen zog, die sich da neugierig an den Schaufensterfronten entlangschoben, schauten, prüften, überlegten: Er selbst nämlich – er wollte gar nichts.

Da lief ihm das Hündchen vor die Füße.

Von den Rufen der hinterherlaufenden Besitzerin alarmiert, ergriff er das Tier am Halsband, wartete ab, bis die Frau heran war und wollte ihr den Pudel schon ohne ein weiteres Wort zurückgeben. Sie aber bedankte sich ausführlich, und wie es der Zufall wollte, hatten sie dieselbe Richtung und gingen also noch ein Stück nebeneinander her.

Die Besitzerin des Hundes hieß Maria Tornai. Ihr Hund, der Pudel, geriet übrigens bei einem anderen Ausreißen, ein paar Wochen später, unter eine Straßenbahn und verendete kläglich.

Wir müssen in Hinsicht auf die Tornai ein bißchen ausführlicher werden, gerade so viel nur, daß der Fortgang der Dinge verständlich bleibt.

Maria Tornai stammte aus Tirol, aus Innsbruck. Sie kam aus bescheidenen Verhältnissen. Ihr Vater war Inhaber und Betreiber einer Trafik, eines Tabakladens in der Vorstadt Richtung Mühlau hinaus, gewesen, in einer der schnurgerad gezogenen, schäbigen Gassen da. Rings um die Stadt steigen hoch die Berggipfel auf, die Nordkette und im Süden der Serles.

Oft sprach Maria von den Sonntagsausgänge, die sie mit den Eltern durch die Vorstadtstraßen unternommen hatte, allesamt angetan mit ihrem besten Gewand, nur um dann, an der Mühlauer Brücke über den Inn angekommen, auf dem anderen Ufer und die Stadtbrücke retour wieder in ihre Wohnung zurückzukehren.

»Mein Vater war invalid – Kriegsinvalide, weißt du. Er ging an zwei Stöcken und schleppte sich nur langsam vorwärts. – Wie oft hat er uns Kindern nicht vom Krieg erzählt!«

Ausnahmsweise ging es bei den Ausflügen auch einmal zu dem Ort Mühlau hinauf, zu dem kleinen Dorffriedhof da an der Berglehne, wo die bereits verstorbenen Mitglieder der Familie Tornai ihre Ruhestätte hatten.

»Die Hänge der Berge waren gefleckt. Wenn man hinschaute, war das wie ein Fell; so waren sie anzuschauen: Mit weißen Schneeflecken im frühen Herbst schon, mit den braunen und jauchigen, ausgeaperten Flächen im Frühling, wo man meinte, man könnte die faulenden Gräser riechen, obwohl inzwischen schon das frische Gras und die Frühlingsblumen sprossen.

Hell und wieder dunkel war meine Kinderzeit. Schaute ich etwa von meinen Schulheften auf, durchs Fenster zu den Bergen hinaus, drückten sich mir, wenn ich mich ihnen wieder zuwandte, die alltäglichsten Sachen – wie etwa mein Lineal, mein Zirkel, meine Füllfeder – mit großer Macht ins Herz, das noch ganz erfüllt war von der verheißungsvollen Helligkeit des Himmels. –

Kannst dir vorstellen, wie schwer unser Leben dort insgesamt war? Die Trafik ging nicht besonders, und kaufte Mutter etwa einmal eine Tüte mit Bonbons für mich, zählte sie mir jeden Tag meine Ration aufs Genaueste vor.«

Maria seufzte.

Paul lächelte andeutungsweise, neigte bedächtig den Kopf und sagte nichts.

Maria war nach Wien gegangen, wohl auch um der Enge der Provinz zu entkommen. Sie war ein aufgewecktes Geschöpf, hatte es bei den Eltern durchgesetzt, auf die Handelsschule gehen zu dürfen. Und sie landete, gleich mit ihrer ersten Anstellung, beim Industriellen Kopitzky – als dessen Privatsekretärin.

»Viel zu schreiben gab's ja nicht.«

»Was – beim Kopitzky? Beim Kopitzky? Ausgerechnet bei dem?!« rief Paul da überrascht und zog die Augenbrauen hoch.

»Du kennst ihn?«

»Ich hab' wohl seinen Bruder gekannt. Oder sonst einen seiner Verwandten. Altersmäßig könnte es hinkommen. – Über die genaueren Familienverhältnisse weiß ich nicht Bescheid.«

Paul erzählte Maria von seiner Kindheit in Kirchdorf, wie er krank gelegen war und wie ihn dort und damals ein gewisser Doktor Kopitzky kuriert hatte. Das war lange her. »Es ist schon nicht mehr wahr.«

»Wie war es denn bei dir? Bei deinem Kopitzky? Erzähl mir!«

Maria erzählte von der Villa in Pötzleinsdorf, dem anbrüchigen Prunk, den verlotterten Räumen und Zimmerfluchten; von den Tiraden des Kopitzky; und von seinem insgesamten, traurigen Schicksal.

»Wie hast du es da nur ausgehalten?!«

Maria hob die Schultern.

»Der Alte hat mit leid getan.«

»Der hat dich bestimmt nur ausgenützt! Der hat dich ausgenützt.«

»Vielleicht.«

Paul empfand gleich von Anfang an das Bedürfnis, Maria zu beschützen. Wenn jedoch ein Gespräch eine solche Wendung nahm wie eben jetzt, war es zwecklos, in sie zu dringen. Sie hatte so ihre Art, alles in Schwebe zu lassen, ganz leicht.

Das heißt, was sie in Schwebe hielt, war nicht ihr Urteil über die Welt – das war meist klar und scharf –, sondern ihre Einstellung zu diesem Urteil.

Ihr Gesicht, weich und rund, wie es war, wurde dann noch weicher und lieblicher, und Paul konnte sich nicht satt sehen an ihr.

Sie will einfach nicht wahrhaben, wie häßlich das Leben ist, dachte Paul. Aber er sagte kein Wort. Er spürte nämlich, wie etwas Wohltuendes und Wärmendes von Maria und ihrer Tagträumerei, wie er es bei sich nannte, auf ihn überging. Das wollte er sich nicht nehmen. Zugleich warf er sich mit Ironie und Bitterkeit vor: Was bin ich nur für einer geworden?

»Was hast du im Leben denn vor?« fragte er Maria bei Gelegenheit, ein argwöhnischer Ton schwang schon mit. Er wünschte sich eigentlich gar keine Antwort – weil ihm vorkam, er wüßte die Antwort, und wie sie lauten würde.

»Was weiß ich«, antwortete Maria denn auch: »Eine Familie möchte ich haben. – Vielleicht einmal. – Kinder! – Einen lieben Mann.«

*

Nach dem Zwischenfall mit dem Pudel waren Maria und Paul rasch miteinander in ein vertrauteres Verhältnis gekommen. Paul hätte gar nicht recht sagen können, wie das gekommen war. Den Frauen war er bisher eher aus dem Weg gegangen. Es hatte sich keine Gelegenheit ergeben. Nicht einmal Huren hatte er aufgesucht.

Maria arbeitete jetzt – der alte Kopitzky war lang schon tot, und sie hatte damit ihre Anstellung in Pötzleinsdorf verloren – als Stenotypistin in einer Versicherungsfirma.

Unter der Woche war sie also beschäftigt, und die beiden hatten kaum Zeit für einander. Umso mehr, als Maria in einem ganz anderen Stadtteil, in Floridsdorf, in dem Viertel zum Fluß hinunter wohnte.

Jetzt gingen sie also öfter an der Donau spazieren. Der Fluß, der Strom mit seiner Unruhe, mit seiner forttreibenden Energie – das war etwas Neues und eine Offenbarung für Paul. Von Meidling aus lag die Donau am anderen Ende der Welt. Der ins Offene hinaustreibende Fluß: Mit den fortwirbelnden, grauen Wassern vermischten sich gleichsam alle unklaren Gefühle und Absichten und lösten sich einfach auf. Was sonderbar war: Diese Ablenkung störte Paul nicht – im Gegenteil, sie war ihm teuer.

Dann das Friedsame der Ufer, der kleinen, krummen Weiden und Erlen, das wilde Gras und die große Leere des Überschwemmungsgebietes zu seinem Rand hin, wo sich, hinter der Aufschüttung des Hochwasserdammes, klein und irgendwie unwirklich die Dächer der vorstädtischen Verbauung in der Ebene zeigten.

Meist brachte Maria in allerhand Behältern Essen zu

ihren Ausflügen mit, so lagerten sie da und ließen es sich gut sein.

»Und du? Was willst du mit deinem Leben anfangen?«

»Ich weiß nicht«, sagte Paul ungehalten, »wirklich nicht!«, und er drehte sich auf die Seite.

Ja, er konnte schroff sein.

Dann, wie um das Grobe und Schroffe ein wenig auszugleichen, drehte er sich wieder zu ihr hin und sagte etwas wie: »Sei mir so gut, und frag mich besser nicht.«

Eines Abends, es ging auf den Herbst zu, stiegen sie zur Wohnung von Maria hinauf.

Es war das erste Mal, daß Paul zu Maria mitkam, und er schaute sich neugierig um.

Er selber hatte immer ein Geheimnis aus seiner Wohnung in Meidling gemacht.

»Da gibt's nichts zu sehen«, hatte er gemeint, »es wird dir nicht gefallen.«

Das erste, was Paul in Marias Wohnung interessierte, war ein kleines, holzgerahmtes Bild, das den Heiland, Jesus Christus, zeigte. Es hing am Kopfende von Marias Bett. Es war ein schmales Bett, je ein Rohrbügel bildete den Kopf- und Fußteil.

Paul hatte das Bildchen hergenommen und betrachtete es.

»Der schert sich auch nicht um uns.«

»Das ist noch aus Tirol!« erläuterte Maria – sie hatte Pauls leis ausgesprochene Bemerkung nicht gehört – »Ich hab's von einer Wallfahrt mitgenommen.«

Mit diesen Worten setzte sie sich aufs Bett und ließ

sich nieder, breitete ihren Rock mit den Händen aus; lud Paul mit einer Handbewegung ein, sich zu ihr zu setzen.

Es war ganz still in der Wohnung jetzt, ja vielleicht in der Welt überhaupt, nur aus der Küche hörte man dann und wann einen Wassertropfen in das Spülbecken fallen.

Sie küßten einander lang. – Es war nun nicht so, daß sie einander nicht öfter schon geküßt hätten. Im Gegenteil: Sie küßten einander ausgiebig.

Aber heute, so fühlte Paul, war es etwas anderes mit diesem Kuß.

Maria atmete verhalten, es war ihr jetzt ernst. Der Übermut, den sie vorhin noch auf der Donauwiese gezeigt hatte, war dahin.

Sie knöpfelte ihm den Hemdkragen auf. Dann Knopf um Knopf an der Hemdleiste herunter.

Sie halfen einander beim Auskleiden.

Jetzt lag Maria nackt vor ihm.

Sie schaute ihn freundlich, vielleicht auch fragend an; mit spitzbübischem Einverständnis: Na, und was wird das jetzt, schien sie zu fragen.

Es war fast dunkel im Zimmer geworden. Von der Straße her, durch die an und ab ein Auto vorbeifuhr, fiel das Licht einer städtischen Straßenlampe herein.

»Ich kann nicht! Ich kann nicht!« rief Paul da laut.

Maria wollte ihm noch den Arm um die Schultern legen. Wollte ihn besänftigen und zu sich herunterziehen. Aber Paul war schon vom Bett aufgesprungen und stieg hastig, den Kopf zur Seite gewandt, in seine Kleider.

»Was hast du denn? Was ist denn?« fragte Maria vom Bett her.

Da lachte Paul, der eben gerade seinen Gürtel durch die Schnalle zog, ihr unverhohlen ins Gesicht. Er lachte, fast tonlos erst, dann laut und lauter.

Auf diesen Vorfall hin sahen sie einander weit weniger. Zwar wollte Maria die Rede ein paar Mal auf die Angelegenheit bringen, doch Paul wich ihr stets aus.

Er schrieb ihr einen langen und gewundenen Brief: Wie leid es ihm täte. – Und wie es ihm, andererseits, doch wieder nicht leid täte.

Es hätte schon alles seine Richtigkeit.

Er könne nicht anders.

So sei das eben mit ihm.

Es hätte schon seine Richtigkeit.

Maria reagierte nicht auf diesen Brief.

Nichtsdestotrotz paßte Paul sie in der Folgezeit öfter vor ihrem Büro ab, versuchte es zumindest – oder er wartete auf der Straße, unter den Fenstern ihrer Wohnung, in Floridsdorf auf sie. Da ging er auf und ab, die Hände auf dem Rücken ineinandergelegt.

Sollte er lachen oder weinen? – Ihm war fürchterlich zumute. Zu jeder Entschuldigung war er bereit. Und dann mußte er wieder lachen, wenn er an Maria und ihr Leben und an ihre Wünsche für dieses Leben dachte.

Und doch fühlte er, daß es, nun ja, daß es nicht gut war.

Er ging, die Fäuste tief in die Taschen seines Mantels geschoben, langsam die Straße hinunter, Richtung Floridsdorfer Spitz und zur Schnellbahn dort.

Viertes Buch

1. Schon lange hatte Frau Professor Wonisch gekränkelt und war, ursprünglich zum großen Mißvergnügen ihres Mannes, des Professor Wonisch, mehrmals im Jahr zur Kur gefahren. Von Gastein war das nach Gleichenberg gegangen, von Gleichenberg nach Abano, von Abano nach Bad Schönau in der Buckligen Welt. Dann fing es wieder von vorn an.

»Wie geht's dir denn, mein Liebes?«

»Was soll ich dir schon sagen?«

Die Kuren der Frau Professor, wie Frau Wonisch in landesüblicher Weise tituliert wurde, nahmen mit der Zeit so überhand, daß sie zuletzt nur mehr ganz ausnahmsweise in ihrem Wiener Heim anzutreffen gewesen war.

Da gab es jedesmal große Aufregung, wenn die Frau Professor wieder verreiste, mit Unmengen von Gepäck, und noch größere, wenn sie, blaß und enerviert, endlich wieder einmal heimkam.

»Ich versteh' euch nicht, wie ihr es in dem Lärm da überhaupt aushalten könnt!« rief sie mehrmals am Tag, sie stand auf dem blank gewienerten und sanft glänzenden Parkettboden und preßte ein Taschentuch gegen die Schläfen. Sie trat an eins der Fenster und schaute auf die Nußdorfer Straße hinunter, auf der gerade ein Straßenbahnzug vorüberrasselte.

Der Professor, anfänglich von der Kurerei seiner Frau, wie er sich ausdrückte, gar nicht angetan und ihre vermehrten Abwesenheiten wenig goutierend, fand sich, je mehr sie ausblieb, allmählich ab, fand sich ein in der Stille der verlassenen Wohnung und begann, ja, ganz langsam und schrittweise ging das, den neuen Zustand zu genießen.

Der Tod der Frau Professor unterbrach dann den Frieden noch einmal kurz. Das Poltern der Erdschollen auf den Sarg, der in die Tiefe des Schachtes hinabgeschwebt war – es war dem Professor vorgekommen, als würden ihm die harten Erdklumpen frech mitten ins Gesicht geschmissen.

Später entwickelte der Professor, er hatte sich schon lange aus dem Berufsleben zurückgezogen, das Ritual, jede Woche auf den Grinzinger Friedhof zu pilgern, um das Grab seiner Frau zu besuchen.

Zuletzt hatte sich herausgestellt, daß die Frau Professor ernstlich krank gewesen war. Sie litt unter dem Morbus Crohn, einer eher seltenen Erkrankung des Magen-Darm-Traktes, zumindest bei Personen ihres Alters.

Geduldig hatte der Professor sich von ihr die Symptome und den prognostizierten, zu erwartenden Verlauf der Krankheit erklären lassen. Ein Leiden war es ja immerhin! So stellte sich zuletzt bei diesen Gesprächen – die Frau erzählte stockend, von Weinanfällen immer wieder unterbrochen, der Mann fuhr ihr tröstend übers Haar – eine gewisse Innigkeit und Vertrautheit wieder ein, die in der exzessiven Phase der Kuren dem Paar schon fast verlorengegangen war.

Jetzt stand der Professor Wonisch vor der Familiengruft in Grinzing, mit den zwei Engeln, die erzene Fakkeln, zu Boden gesenkt, in den Händen trugen: Aufrecht stand er da, hager und grau in seinem vielleicht ein wenig zu weit geschnittenen und um seine Glieder ja beinahe schlotternden Mantel.

Undeutlich erinnerte er sich der Gebete, die er als Kind immer gebetet hatte. Wie war das nur gegangen? Ihm kam vor, als könnte er das Gesicht seiner Großmutter sich seitlich herbeugen sehen: Sie hatte ihn das Beten gelehrt. Wie war das nur gegangen?

*

Im Haus, in der Wohnung in der Nußdorfer Straße, hatte sich, andeutungsweise schon zu Lebzeiten der Frau Professor, ein Regime etabliert, das die Annehmlichkeiten der Ordnung mit den Annehmlichkeiten einer gewissen, ja, Unordnung aufs beste und auch heiterste verband.

Der Professor Wonisch, er konnte es sich sagen – und er sagte es sich auch: Nicht er war es ja gewesen, der sich selber gewissermaßen in den Junggesellenstand zurückversetzt hatte. Er behandelte jedermann diskret, mit einer gewissen Reserve; und generös! So war er also auch generös zu sich selbst.

Lichtstrahlen aus Gold, so wollte es dem Professor vorkommen – und nach dem Tod der Gemahlin, dünkte ihm, wurden diese goldenen Strahlen womöglich noch goldener –, helle goldene Strahlen fielen des Morgens, wenn er aufwachte, mit den Spitzen ihrer Pfeile sanft auf den Flausch der Perserbrücke, die auf seiner Seite neben dem Ehebett ausgebreitet lag. Die feinen, elastischen Haare des bunten Flausches warteten darauf, daß er sie, sich mit den Beinen aus dem Bett schwingend, berühre.

Locker steckte die Wärme in dem verschiedenfarbigen Muster – Grün und Rot waren geometrisch klug verteilt –, das eben durch die gute Sonnenwärme etwas Weiches bekam, etwas geradezu Flüssiges.

Es war die erste, vorausdeutende Wohltat des Tages, auf diesen kleinen, kostbaren Teppich zu treten.

Freilich hieß es aufpassen, die wundersame und heitere Gehobenheit nicht zu stören, oder gar zu zerstören! In der Hinsicht war Professor Wonisch höchst empfindlich. Die Angestellte, die ihm den Haushalt besorgte, wußte darum: Cholerisch, ja ausfallend und beinah tobsüchtig konnte der Professor werden, wenn man sein inneres Gleichgewicht beeinträchtigte.

Für gewöhnlich freilich war es sehr kommod mit ihm. So mußte die Angestellte jeden Tag erst am späteren Nachmittag zum Dienst erscheinen und dem Professor den Tee oder, waren Gäste da, die Jause servieren.

Das von ihr schon am Vorabend liebevoll arrangierte Frühstück nahm er allein in der Küche ein. Zeitungen wurden dazu keine gelesen. Das Zeitunglesen war dem vormittäglichen Besuch im Café, im Stammcafé, vorbehalten.

Schon während der Kur-Periode der Gattin hatte Professor Wonisch die Übersiedlung von der Villa in Grinzing draußen in die Stadtwohnung an der Nußdorfer Hauptstraße initiiert und auch durchgesetzt.

»Was soll ich schon allein in dem großen Haus?! Ich

bin ja kein Mönch«, hatte er, beide Hände kurz und zu halber Brusthöhe anhebend, zu seiner Frau gesagt; die, nach etlichen Protesten, zuletzt eingewilligt hatte. Wohl gefühlt hatte sie sich in der immerhin recht geräumigen Wohnung nie. Vielleicht hatte sie auch gespürt, daß an der Nußdorfer Straße eigentlich kein Platz für sie vorgesehen gewesen war. Wo war aber dann ihr Platz?

Gern trat der Professor, im Schlafrock noch, die halbgefüllte Kaffeetasse in der Hand, in den mit mehreren Fenstern bestückten Erker des Wohnzimmers und schaute, zwischen den Blättern der großen Zimmerlinde durch, auf die Straße hinunter.

Die Nußdorfer Straße ist recht belebt, insbesondere auch um diese Tageszeit. Die Autos in der violettblauen, von der Sonne noch nicht erreichten Tiefe kamen dem Professor Wonisch wie große Käfer, oder nein, wie Krebse vor, die in vorzeitlicher Dämmerung vernunftlos vorwärtskrochen. Die Passanten – auf merkwürdige Weise schienen sie kaum mit dem Boden verbunden. Vielmehr trieben und schwammen sie, um ihre aufrechte Mittelachse pendelnd und kreiselnd, wie leergetrunkene Flaschen, wie gleißender Abfall den leicht gegen die Stadt hin abschüssigen Straßenzug hinunter.

Gerade gegenüber der professoralen Wohnung führte eine Treppe in einen tiefer gelegenen Teil des Bezirkes. Von den Fenstern aus konnte man nur den Anfang der Treppe, nicht aber ihr Ende sehen. – Als begänne dort der Abstieg in eine Unterwelt, zu etwas Unbekannten hin, das, wie alles, was man nicht kennt, ein wenig unheimlich war – gerade so empfand der Professor stets beim Anblick dieser städtischen Treppe. Er vermied es auch meist, zu ihr hinüberzuschauen.

In der Familienvilla in Grinzing draußen wohnte jetzt Irma, die einzige Tochter, mit dem ihr vor Jahren angetrauten Mann. Leider war die Ehe kinderlos, und sie schien auch, den Eindrücken des Professors nach, nicht allzu gut zu funktionieren.

Immerhin – sie sind noch zusammen, sagte er sich und trat, an seiner Kaffeetasse nippend, vom Fenster zurück.

Früher hat sie ja nur diese grauslichen Affären gehabt, Irma! Bis ich, na ja, bis ich die Verbindung eben hergestellt habe.

Besonders schön waren die Vormittage im Frühling, im Frühsommer, wenn die Nußdorfer Straße mit den Fahrzeugen und Passanten darauf in einem hellgrauen, glatten, an Fensterscheiben oder Kühlergrillen ausfransenden und in blütenartige lila Wolken aufschlagenden Licht schwamm; sanft wirbelte das Leben da in den Tag hinunter, der gewiß angenehm werden würde.

In der Wohnung war es kühl und versonnen. Ja, das war das rechte Wort! Und es rief wie von allein das treffliche Bild auf vom Dahintreiben in einem Kahn, auf einem Teich etwa – auf dem von Bäumen überhangenen Gang des Heustadelwassers im Prater, auf der Alten Donau?

Ein junger Mann liegt in dem Kahn auf dem Rücken, hat die Arme müßig unter dem Kopf verschränkt. Die Ruder hat er eingezogen. Sie liegen, schön gefaltet, mit den Ruderblättern auf dem Boden des Bootes. Der Mann läßt sich treiben. – Der Professor überlegte: Wie lang war es jetzt her, daß er jung und so glücksbegnadet gewesen war?

In seiner aktiven Zeit war Wonisch Professor an der Wiener Universität gewesen. Für Zivilrecht. Eine Leuchte war er ja nicht gerade gewesen, aber immerhin, ein passabler Gelehrter. – Manchmal ließ er sich sogar jetzt noch hinreißen, und er verbesserte im Kaffeehaus mißglückte oder irreführende sprachliche Wendungen in den Zeitungen. Damit kannte er sich aus.

Zur Jause hatte der Professor meist Besuch. Entweder Irma, die Tochter, oder einen seiner Bekannten von früher, aus der juridischen Welt, aus dem Geschäftsleben. Wonisch war auch als Gutachter sehr gefragt gewesen.

Oder er hatte sich eine Bekanntschaft aus der Oper eingeladen; aus dem Konzerthaus. Auch Damen konnten da durchaus darunter sein. Alles in Ehren natürlich.

Ein kleines Schläfchen schloß diese Nachmittagsstunden ab.

Abends konnte es vorkommen, daß Wonisch, von einem Essen in der Stadt oder von einem Heurigenbesuch heimgekommen, sich die Flasche mit dem Kirschwasser aufstöpselte und kräftig einen nahm. Oder auch Whiskey. Den liebte er sehr. Und da konnte es dann gelegentlich auch vorkommen, daß er einen gewissen Begleit-Service anrief. Und die schickten ihm dann eine junge Dame herauf, meist ein Mädel aus Ungarn. Oder Rumäninnen. Auch eine blonde Ukrainerin war einmal darunter gewesen.

Und genau das ist es auch, was wir zu Anfang mit der

verträglichen und heiteren Portion Unordnung gemeint haben, die der Professor in sein Leben so kunstvoll und unproblematisch hereingenommen hatte.

*

Die Irma war ursprünglich, gleich nach ihrer Matura am Mädchengymnasium, mit einer vom Papa ausgesuchten Partie verlobt worden. Lebhaft, wie sie nun einmal ist, hat sie den Kerl noch vor dem Hochzeitstermin einfach stehenlassen. – Recht hat sie gehabt! – Solch ein Schnösel.

Dann allerdings war ein bunter Reigen von Männerbekanntschaften gefolgt, der ihrem Vater, dem Professor Wonisch, schon ein wenig allzu bunt vorgekommen war. Man weiß, wer man ist!

So hatte er sie denn zuletzt, um die Sache ins Lot zu bringen, mit diesem soliden Bankmenschen bekannt gemacht – ihrem jetzigen Mann.

Nach einem Philharmonischen im Musikverein war es gewesen. Unter Böhm. Daran konnte sich der Professor noch gut erinnern.

*

In der Josefstadt, allerdings schon eher zum Gürtel hinaus, gibt es ein bekanntes, ja stadtbekanntes Kaffeehaus names Kummel. Die zu jeder Tages- und Nachtzeit gut besuchte Örtlichkeit nimmt das Parterre eines breit hingestellten Gründerzeithauses ein. Davor liegt ein kleiner, von Tauben durchflogener Platz. – Das Kummel ist ein

Ecklokal, und tritt man durch den Haupteingang ein, hat man die in zwei Flügeln sich entwickelnden Räume vor sich.

Es war spät nachts, linkerhand war eine sehr gut aufgelegte Gesellschaft – wohl schon vom Heurigen hereingekommen.

Alexander saß an der Bar, hockte schief auf seinem mit Kunstleder bespannten Hocker, ein halbvolles Glas Bier vor sich.

Er war nicht gerade bester Laune.

Kurz nach dem Tod, dem Selbstmord, seiner Frau war ihm – warum mußte das alles nur auf einmal eintreffen?! – Frau von Orban in der Galerie auf die Sprünge gekommen. Was hatte die nur für ein Theater gemacht! Richtig hysterisch war sie geworden. Eine Furie. Und alles wegen der paar Schilling!

Immerhin hatte er aus dem Papa, dem Steininger, kleinere Summen zur Überbrückung herausholen können – aus moralischen Gründen, gewissermaßen. Das Gewissen des Steininger, na, hundsmäßig ist es gewesen! Mit seiner Kanzlei, mit der Steuerberaterei ist er dann ja nach Sankt Pölten ausgewichen. Gut – in Wien, in der Stadt hatte er sich unmöglich gemacht. Mit Moral hat das alles dann schon nur mehr sehr wenig zu tun gehabt.

Eine hagere, sehnige, schon etwas derangierte Blondine mit verrutschtem Dekolleté trat groß auf Alexander zu und sprach ihn, den Kopf nach hinten werfend, direkt an: »Na, einsam heut' Nacht?!«

Er antwortete mit irgendeiner, nicht einmal unfreundlichen Bemerkung, mit hochgezogenen Augenbrauen, die Anmache war denn doch zu direkt und überraschend gekommen.

Die Unbekannte setzte sich ohne weiteres zu ihm her an die Bar, und ohne ihn groß zu beachten – ja, im Grund nahm sie ihn überhaupt nicht zur Kenntnis – begann sie zu erzählen: daß sie vorhabe, ihr Haus in Grinzing renovieren zu lassen. Ihr Haus – die Bruchbude, wie sie es mehrfach titulierte –, das sei jetzt einfach fällig.

»Das Dach muß neu gedeckt werden! Komplett. Dann laß' ich gleich die Fenster machen, die Sonnenbalken. – Die Dachrinnen soll'n sie auch gleich herrichten! – Wenn man schon die Handwerkerei im Haus hat ...«

In der Tonart ging es dahin.

Alexander sagte kein einziges Wort – es war ja auch nicht nötig –, aufgerichtet jetzt, mit einer Art von ritterlichen Höflichkeit saß er da, die sich ja gerade dem Unmöglichen gegenüber stets bewährt.

Die Gesellschaft drüben hatte mittlerweile zu singen begonnen, laut und lauter grölend, sich mit Wein und noch mehr Wein immer weiter aufpulvernd.

Der Cafetier des Kummel, ein stockiger, kleiner Mensch mit schiefem Blick, humpelte mürrisch vorbei. Einerseits hatte er ja diesen Stehgeiger engagiert, den Schani, um das Nachtpublikum aufzumöbeln und zum Konsumieren zu animieren: Daß die aber so heulen mußten, und so geschmacklos dazu, das stand auf einem anderen Blatt.

»Irma!« rief einer von der Gesellschaft herüber, »Irma! Wir fahren noch in die Stadt. – Kommst mit?!«

Ein Schal aus Nerz ist etwas Zartes, etwas Weiches und unendlich Sanftes. Die Haare dieses Fells sind dunkel gegen die Haarspitzen zu. Tut man sie mit den Fingern auseinander, schaut man in den hellen Grund hinein.

Es ist wie der Blick in ein Gewässer, von dessen Boden her sich kleine Fontänen aus Sand und Treibgut aufdrehen.

Tanzende, leis aufsteigende Fontänen aus Sand und Zeug!

Der Nerzschal war der Frau im Taxi von den Schultern gerutscht. Da lag er jetzt zwischen ihr und Alexander auf dem Sitz.

Die Frau saß neben ihm, groß, mager und unhübsch eigentlich – jung zwar, leidlich jung –, sie rückte näher, aber die Augen waren ihr fast schon zugefallen.

Sie hatte dem Taxifahrer gerade noch das Ziel angegeben.

An die Schulter von Alexander gelehnt, saß sie da, leicht und gleichmäßig atmend; ihr Atem roch sauer.

Dann plötzlich schlug sie die Augen auf – sie hatte sehr große und durch jetzt freilich etwas entgleiste Schminkkünste noch vergrößerte Augen, Puppenaugen –, schaute ihn an und sagte verschwörerisch lächelnd zu ihm: »Wir feiern jetzt meine Scheidung! Was hältst du davon?«

Die Betonung lag auf dem letzten Wort: davon. Das gefiel Alexander, entlockte ihm ein Lächeln.

Aber da war die Frau auch schon neben ihm eingeschlafen.

Wie Alexander bald herausbekommen sollte: Irma war noch gar nicht geschieden!

Es kam zu allerhand unguten Szenen – da und dort. Der Ehemann oder Noch-Ehemann produzierte sich, spielte sich mächtig auf. Alexander war im Haus in Grinzing eingezogen. – Doch Irma hielt zu ihm, zu Alexander, zu ihrer neuen Liebe, wie sie sich ausdrückte.

*

»Ich bin ein bißl instabil – jetzt!« sagte sie gern, zum Beispiel morgens im Bad, wenn sie mit der Bürste mit dem Elfenbeingriff ihr blondes Haar bearbeitete und die Strähnen gerade nach hinten kämmte, während sie im Spiegel forschend ihr Gesicht musterte.

Sie konnte reizend sein, Irma. Offenbar von ihrem Vater, dem Professor Wonisch, hatte sie den Instinkt für ein gutes Geschäft, für eine gewinnbringende Anlage geerbt. Ihr Erbteil und die daraus von ihr geschöpften und realisierten Gewinne waren Basis und Ausgangspunkt ihrer großzügig verteilten und ausgegebenen Freundlichkeiten.

Sie verstand jede Menge von Mode, von passender Kleidung; aber auch von Lokalen, von Ländern und Reisezielen, die gerade schick waren, von Museen, Sehenswürdigkeiten und Attraktionen – von allem, was auf dieser Linie liegt.

Was war es für ein Genuß für Alexander, der in letzter Zeit sehr kurz hatte treten müssen – um nicht zu sagen, der armselig hatte leben müssen, weil er, sei es aus Faulheit, oder von einer Art Überheblichkeit bestimmt, alle ihm angebotenen Stellen kurzerhand ausgeschlagen hatte: Er empfand es jedenfalls als Belohnung und

Wiedergutmachung, wenn er jetzt da im Schneidersalon auf dem Graben, oben, im Halbstock, in der Werkstatt stehen konnte, und der Meister, selbst tadellos gekleidet, versteht sich, kniete vor ihm, um die Länge seiner Hosen abzumessen; indes er, Alexander – der kennerisch prüfende Blick und die Aufmerksamkeit der ihm gegenübersitzenden Irma genügten vollkommen als Kontrollinstanz –, indes er, am großen, in den Luftraum über der Straße deutenden Geschäftsschild vorbei, gelangweilt oder aufmerksam oder auch wieder interessiert auf den Graben hinunterschauen konnte, wo, zwischen Licht und Schatten, die Passanten eilten oder gingen – manche allein, andere zu zweien, die dritten wieder ein Hündchen führend, als gäb's in alle Ewigkeit nichts anderes zu tun.

Sie verreisten viel, in der ersten Zeit. Abbazia, Santorin, Thailand. Viel Zeit ging auch drauf bei der Suche nach und der Bearbeitung ihres Klingelknöpfchens, wie Irma ihr Schmuckstück zu nennen beliebte. Ja, sie war ein durchaus erdverbundenes, lebenslustiges, öfter sogar simples Geschöpf, und eine Fußwanderung durch die Hinterbrühl konnte ihr genauso viel Freude machen wie ein Essen im Sacher, wie der Aufenthalt an einer der Schießbuden im Prater, wo sie immer so lang auf die Papierrosen schoß, bis sie einen bunten Strauß beisammen hatte.

Bei böhmischem Bier saßen die Verliebten dann beieinander, im Sonnenschein auf grünen Sesseln oder im Schatten unter den Kastanien, mitten unter den Leuten. Irma lachte Alexander über ihren Krug hinweg an, und mit ihrer ein wenig schrillen Stimme, die bei solchen Gelegenheiten fast mädchenhaft erregt klingen konnte, sagte sie ihm dann, sie sei schon immer der Ansicht gewesen, daß nur ein Liebhaber, der ausschließlich für die Liebe lebt – wie eben er – wirklich passabel ist.

Da lachten sie dann, steckten die Köpfe zusammen und schauten zu den langsam sich durchs Blau vorüberdrehenden Gondeln des Riesenrades hinauf.

Irma konnte aber auch anders.

So war es, nachdem sie erst einmal Grundlegendes darüber erfahren hatte, eines ihrer gelegentlichen Herzensvergnügen – insbesondere, wenn sie schlechte Laune hatte oder einer ihrer Migräneanfälle sich schleichend ankündigte –, den Alexander über seine Herkunft auszufragen und immer weiter zu fragen, wie denn alles gekommen sei mit ihm.

»Und du bist wirklich in Simmering aufgewachsen – dort, bei den Proleten?« fragte sie dann, ihre hohe Stirn kraus ziehend und detto die Lippen.

Alexander erzählte nur widerwillig – und zudem: wie oft hatte er das alles nicht schon erzählt! – von dem Zinshaus, in dem er aufgewachsen war, von den verbeulten Mülltonnen, den ausgetretenen Stiegen. Im vierten Stockwerk. Ohne Lift, sagte er.

»Ohne Lift!« rief Irma aus.

»Ja – was willst wissen? –, Mama hat in der Schokoladenfabrik gearbeitet – eine Kaserne in Gelb und Grau –, morgens ist sie die Straße hinunter, abends wieder heim, das Einkaufsnetz voll mit Fressalien; und immer haben ihre Haare nach Schokolade, nach dem

Süßen gestunken, daß sich einem der Magen umgedreht hat.«

»Deshalb magst jetzt nichts Süßes mehr?« fragte Irma, mit einem pikanten Lächeln, aber immer noch nicht ganz zufriedengestellt.

»Erzähl nur! Erzähl!«

Alexander berichtete, daß sie das Wasser vom Gang holen mußten, an der Bassena. Daß einmal einer der Nachbarn, besoffen, im Stiegenhaus hingefallen war. Breit sei er dagelegen. – Wie er sich geschämt hatte, als der Schularzt ihm einmal vor der versammelten Klasse angeraten hatte, sich doch auch hinter den Ohren zu waschen.

»Ja, hinter den Ohren muß es sauber sein!«

Anfänglich ganz gegen seinen Willen, zuletzt aber, von Irma mit ihren Fragen dazu animiert, offen und geradezu ergriffen, erzählte Alexander von seiner Kinderzeit und was er da erlebt hatte.

»Mein Vater hat bei der Straßenbahn gearbeitet.«

»Als was denn?« fragte Irma – obwohl sie es doch längst wußte.

»Er ist unter einen Wagen gekommen. In der Remise!«

Je länger Alexander erzählte, desto stärker wurde er von seiner Erzählung gepackt, von der Erbärmlichkeit dieser Geschichten; und er breitete alles in jeder Einzelheit und voller Selbstmitleid aus.

»Du weinst ja beinah!«

Ab einem gewissen Punkt schlug er sich stets auf die Seite von Irma; so bitter es ihn auch ankam: Lauthals lachte er mit ihr über das Mißgeschick seiner Herkunft, in hunderterlei Beispielen ausgeführt, etwa wie ihm in der Schule einmal die Schuhe gestohlen worden waren und er barfuß hatte nach Hause laufen müssen.

Ja, er lachte mit Irma und zerkugelte sich. Bis ihm zuletzt übel wurde und er ins Bad hinauslaufen mußte, um rasch einen Schluck Wasser zu trinken.

Sah er sich also öfter mißbraucht, hing er doch wieder an diesem Leben. – Irma ist ja nicht immer so, wie er sich zu seiner Besänftigung sagte.

Er soff, wie Irma auch. Bald begann er sie mit anderen Frauen zu betrügen – aber nicht, wie er sich gelegentlich klarmachte, um sich an ihr zu rächen.

Das wäre denn doch zu billig gewesen!

Vielmehr betrog er sie, weil sie ihn langweilte, weil in diesen Betrügereien doch auch Zukunft und eine Art Herausforderung steckte: Wie weit würde sich das treiben lassen? Wohin würde das noch führen? Vielleicht kam ja doch einmal – nun, was?

Im Grund genommen war er ganz haltlos. War auf nichts Spezielles aus, hatte nichts vor und lebte nur so.

Die allereinfachsten Dinge waren ihm fragwürdig. Und doch auch wieder nicht. Ihm war alles gleich.

Andererseits hatte er öfter das Gefühl, er müsse ersticken. Und zwar jetzt und sofort!

Das legte sich wieder.

Er lebte ganz abgetrennt, sogar von sich selber, und schaute nur zu.

Nichts tat ihm weh. Oder doch höchstens dann und wann.

Ach was!

Manchmal zog er diffuse, dann gar hell aufperlende Freude aus dem Umstand, daß er lebte, am Leben war. Das verblüffte ihn. Er war dann wie von Sinnen.

Was, wenn er tot gewesen wäre?

Der Gedanke ließ ihn wieder kalt, fand nicht zu seinem Herzen. Überhaupt schüttelte er alle Fragerei bald von sich ab: Er war da. Hatte sich eingerichtet. Machtlos – gerade in dieser Auffassung gefiel er sich öfter – war er bloß Teil und Partikel, trieb haltlos dahin, wie es eben gerade kam.

Gut gelaunt ging er neben Irma her. Ging, solange es gehen sollte.

So zauberte er dahin.

*

Nach dem ohnehin meist verspäteten Frühstück stiegen sie meist gleich wieder ins Bett.

Ein gleichfalls verspätetes Mittagessen wurde für gewöhnlich in der Stadt eingenommen, wobei Irma stets darauf bedacht war, nur ja nicht ihrem Vater, dem Professor, zu begegnen.

Das hätt' ja grad gefehlt!

»Ja, mein Papa«, erklärte Irma bei Gelegenheit dem Alexander, »dem würde es auch keiner ansehen …«

»Was denn?« fragte Alexander, von ihrem Ton neugierig gemacht – über den schön angerichteten Tisch im Restaurant weg, keine Armlänge entfernt von Passanten und Spaziergängern, die draußen an der Veranda vorübergingen.

»Weißt was?« sagte Irma, »die Villa in Grinzing – unsere Villa –, die gehört gar nicht uns. Eigentlich. – Jetzt natürlich schon«, beruhigte sie Alexander gleich mit einem Anheben der Stimme und einem raschen Blick in seine Augen.

»Die Villa hat der Papa während des Krieges einem, na, einem Juden abgenommen. – War nichts Besonderes dahinter. – Nicht einmal in der Partei ist der Papa gewesen.«

»Blöd wird er gewesen sein!« warf Alexander ein, bemüht, seine Überraschung und, ja, auch den leichten Groll, den die Neuigkeit in ihm ausgelöst hatte, gleich wieder zu verwischen.

»Der Jud lebt heut noch; in New York. Von dort aus hat er die längste Zeit versucht, seine Sachen zurückzubekommen. Hat prozessiert und prozessiert. Da hat er sich noch so anstrengen können – nichts ist dabei herausgekommen. Jetzt kann er meinetwegen von Brooklyn aus zu den Wolkenkratzern in Manhattan hinüberschauen!«

Alexander fuhr sich mit der Serviette über den Mund.

Ja, feist und schwammig war er geworden – wie er sich manchmal jetzt bei einem flüchtigen Blick in den Spiegel dachte.

»Und wirklich – deinetwegen hat sie sich umgebracht, die kleine Ulla? Wie war das denn wieder?« fragte Irma, sie spazierten nun bereits über den Graben und schauten sich Auslagen an.

Irma konnte von dieser Geschichte nie genug bekommen.

»Wie hat sie es denn gemacht? Flott – mit Tabletten, was? So erzähl' schon!«

»Nicht meinetwegen«, beteuerte Alexander und schritt kräftiger aus.

»Wenn man sich vorstellt, daß sie dich auch noch betrogen hat, dazu – mit diesem blöden Schuft!«

»Und diese, diese Orban«, redete Irma angeregt weiter, »die ist jahrelang für dich das Geldbörsel gewesen, die alte Hur – mit ihrem Geld. Freilich, ohne daß sie's gewußt hat, nicht wahr?!«

Mit ihrem ausgestreckten Finger fuhr sie Alexander ihm Gehen sanft hinters Ohr – wohl um ihn ein wenig zu bremsen – und über seine glattrasierte und nach Herrenparfum duftende Wange.

Wenn er doch nur etwas Geld beiseite schaffen könnte!

Manchmal allerdings – und es geschah immer öfter – träumte er in seiner Erniedrigung von einem anderen, von einem ganz neuen Leben.

Wie das wohl sein würde? Er hatte so gar keine Vorstellung. Er sehnte sich. Sehnte sich mächtig. Etwas Großes, etwas Ungeheures müßte es wohl sein.

Fünftes Buch

1. Jahre und etliche Enttäuschungen, wie er es nannte, später sollte Alexander im Internet einen Blog entdekken, der ihn rasch in seinen Bann zu ziehen begann.

Innenpolitisch hatte sich die tausendjährige Geschichte Österreichs nach dem Beitritt zur Europäischen Union jetzt ins eindeutig Operettenhafte gewendet, Wien gefiel sich wieder in metropolitanem Glanz, die von jeder Utopie kurierten Parteien drehten sich ratlos im Kreis, die Rechte war wieder im Kommen.

Außenpolitisch? Der Kommunismus war tot, die Weltwirtschaft, na ja, und außer den eingefleischten Streitereien zwischen Israelis und Palästinensern war es, von etlichen Bürgerkriegen abgesehen, fast ruhig auf der Welt. – Die sogenannte Natur murrte gerade erst einmal auf. Die Hungrigen verhungerten tonlos.

Was soll jetzt dieser erzählerische Ausritt, werden Sie fragen. – Wir wollen bloß aufs Allerkürzeste auf das Vergehen der Zeit aufmerksam machen.

Gerade letzthin, nach all diesen Turbulenzen, dem andauernden Stunk und der Verzweiflung über sich selbst, hatte Alexander sich doch einmal aufgerafft, war in Bewegung geraten und in die Redaktion einer Tageszeitung eingetreten. So! Als Hilfsredakteur. Zu mehr hatte es nicht gereicht.

Sie hatten ihn dafür angestellt, aus den hereinkommenden Leserbriefen die halbwegs präsentablen herauszusuchen. Der verantwortliche Redakteur pickte dann einige heraus und arrangierte sie, dem Gang der Ereignisse angepaßt, auf der sogenannten Meinungsseite.

Im Zusammenhang mit einer Reihe von Leserbriefen, die ihm deutlich von einer Hand herzustammen schienen, stieß Alexander dann auf den Blog.

»Früher dachte ich, das noch nie Dagewesene, das Neue sei das Wesentliche im Leben. Gehe ich jetzt in der Stadt spazieren oder schaue aus dem Fenster meiner Wohnung, kommt mir im Gegenteil vor, daß ich das Wesentliche darin zu sehen habe, daß die Welt ein Käfig ist, ein Gefängnis, das immer gleich bleibt – und in das ich eingesperrt bin.

Wem habe ich das zu verdanken?

Die Vorstellung ist mir nicht fern, daß alles, was ich habe, ich selbst bin – ein Fremder –, und doch: für alles rund um mich herum verantwortlich.«

Auf typische, nämlich sprunghafte Weise ging der Text weiter:

»Ich sehe mich kämpfen in einer Brandung der Gier, über der die Sterne scheinen. Auch die noch sind infiziert. – Wer hat nur diese Suppe gekocht? – Ich spucke drauf! – Wer gefällt sich denn darin, auf erleuchteten Bahnen die Dinge ins Leere rollen zu lassen? Gott kann das nicht gewollt haben.

Aber wer sonst?

Woran glaubst du denn, mein Kleiner?«

Schmonzes! – dachte Alexander.

Und doch auch wieder nicht.

»In der Dunkelheit des Zimmers, was spielt sich da ab? – Offenbar ist es mir ein Bedürfnis, zu reden, mich mitzuteilen. – Ich rede aber nicht bloß. – Es ist ein Drang, der mich bestimmt, eine Art Inbrunst. – Ich möchte reden wie ein Kind zu Vater oder Mutter. Ganz aus dem Gefühl heraus. Voller Vertrauen. – Ich möchte mich aufopfern und verlieren.

So harmlos bin ich auch wieder nicht! – Ich will nämlich etwas. Mir steht etwas zu.«

Das klang doch nach was!

Alexander fühlte sich angesprochen. Gerade von dem Wirren und Wilden dieser Gedanken fühlte er sich angesprochen.

Ihm kam dann vor, als würde er an etwas erinnert, das er – ja, und das eben war das Komische –, das er selber noch gar nicht erlebt hatte! Alles war neu für ihn – und doch kannte er es seit Ewigkeiten.

Blödsinn!

»Sind nicht Wirtschaft und politische Ordnung, einmal als System zusammengedacht, zur Apotheose ihrer selbst geworden? – Die Gemeinschaft der Gläubigen wird aber nicht nur durch ein Dogma zusammengehalten – das Dogma des Betriebs –, sondern, viel fester noch, durch ein Band der Schuld, der gemeinsamen Sünde, die um so unabweisbarer ist, als sie mit Macht unterdrückt wird. Nie kommt sie zur Sprache, diese Schuld. Aber es gibt sie.«

*

Ein paar Monate später nur, es war Mitte September und ein ungewöhnlich heißer Tag für die Jahreszeit – aber gerade im September kommen solche Tage einer verspäteten Hundshitze gerne vor –, verließen zwei Männer eine im dritten Bezirk, im sogenannten Schlachthausviertel, in einem billigen Mietshaus gelegene Wohnung.

In dem Haus wohnten nur wenige Parteien, so war das Stiegenhaus für gewöhnlich leer und man konnte damit rechnen, dort niemandem zu begegnen.

Wäre den beiden jemand begegnet, so wäre alles, was demjenigen oder derjenigen vielleicht aufgefallen wäre, der Umstand gewesen, daß einer der Männer – sie mochten an die fünfzig Jahre alt sein – eine Tasche geschultert trug, eine Art Beutel oder länglichen Seesack aus Kunstleder, der auf skurrile Weise sperrig aussah.

Im übrigen war einer der Männer schon des längeren Mieter im Haus, der andere war kürzlich erst zugezogen.

Die Männer gingen nebeneinander her die heiße und beinah schattenlose Gasse hinunter; klein, feist und aufgedunsen der eine, schlank und drahtig der andere.

Sie bogen in eine der Seitengassen ab, umrundeten den Häuserblock und bogen also ein Stück weiter unten wieder in dieselbe Gasse ein.

Nur: da war der Mann mit dem Seesack allerdings bereits allein. – Der zweite Mann war in der Nebengasse in eins der Häuser getreten, aber nur zu dem Zweck, um kurz darauf gleich wieder herauszukommen und eine der Route seines früheren Begleiters entgegengesetzte Richtung einzuschlagen.

Der Mann mit dem Seesack war an der Hauptstraße des Viertels in ein Taxi gestiegen, und nur wenig später betrat er die Halle eines großen, elegant am Stadtpark gelegenen Hotels. An der Rezeption erkundigte er sich, ob ein gewisser Herr Schapira aus Toronto schon eingetroffen sei? Als der Rezeptionist nach einem Blick in seine Unterlagen verneinte und des weiteren erklärte, man erwarte einen Herrn dieses Namens überhaupt nicht, bedankte sich der Mann höflich – er war von der abschlägigen Auskunft offenbar überrascht; er bedankte sich noch einmal und entfernte sich.

Statt jedoch das Hotel wieder zu verlassen, trat er rasch in die im Foyer gelegene Toilette und schloß sich dort ein.

Jetzt kamen aus dem Seesack eine langhaarige Perücke, eine schwere Hornbrille und allerhand Schminksachen zum Vorschein. – Kurz darauf hatte sich der Mann in einen anderen verwandelt.

Während er mit einem Kamm schon die Haare der Perücke straff nach hinten kämmte, betrachtete er sein Gesicht in einem kleinen Spiegel, den er auf den Spülkasten gestellt hatte. Ein wenig angespannt sah er aus. – Jetzt die Brille. – Mit einem Stift übermalte er die Ränder seiner Lippen. – Der Mann warf einen prüfenden Blick auf sein Abbild im Spiegel.

Kurz darauf saß der derart Verwandelte wieder in einem Taxi, an der Hotelauffahrt hatte er es hergewinkt, und fuhr in Richtung Donaukanal und Urania davon.

Der Mann, wie er da mit seiner langhaarigen Perücke, den Hornbrillen und dem jetzt schmal und etwas sardonisch wirkenden Mund auf der Rückbank des Taxis saß, wirkte vielleicht ein wenig schräg, andererseits aber durchaus solide – wie ein Gelehrter etwa, ein verrückter Professor, wie er im Buch steht. Es gibt auch Journalisten, Künstler, Dirigenten und ähnliches, die gerade so aussehen.

Es ging gegen halb fünf am Nachmittag. Der Verkehr hatte mit dem herannahenden Geschäftsschluß stark zugenommen. Das Taxi, in dem der Mann mit seinem Seesack saß, kam trotzdem gut vorwärts. Gegen dreiviertel fünf stieg der Mann auf dem Schwedenplatz wieder aus.

In dem Trubel dort, die Leute strömen um diese Zeit massenhaft aus den Eingängen der U-Bahn herauf, ging der Mann ziellos auf und ab. Einmal blieb er stehen, und seine Finger spielten unschlüssig mit den Schnüren des Seesacks. Die Sonne brannte vom Himmel, die letzthin ausgepflanzten Blumen in den Blumenrabatten ließen schon ein wenig die Köpfe hängen.

Der Frühling war definitiv vorbei.

Es war fünf vor fünf, als der Mann sich an der Ecke zur Rotenturmstraße neuerlich in ein Taxi setzte. Diesmal gab er als Fahrziel die Mariahilfer Straße an.

Der Mann saß wieder auf der hinteren Bank, den sperrigen Seesack zwischen den Beinen. Mehrfach wandte er sich um und schaute zum Rückfenster hinaus. Er schien aber keineswegs nervös oder gar gehetzt zu sein. Im Gegenteil: Er wirkte entspannt; und fast ein wenig amüsiert.

Der Mann ließ sich am Anfang der Mariahilfer Straße absetzen und bummelte die Straße hinauf. Wie um diese Stunde zu erwarten, herrschte voller Betrieb. Dicht an dicht, allein, zu zweien oder mehreren, schlenderten oder eilten die Leute die sanft ansteigende, breit sich biegende Straße hinauf; der eine oder andere blieb vor einem der Schaufenster stehen, andere wieder traten in Cafés oder von Kundschaft schon überquellende Schnellimbisse oder kamen aus diesen wieder heraus. Abgrundtiefe Harmlosigkeit eines Feierabends! In Richtung auf die großen Kaufhäuser zu wurde das Gedränge womöglich noch dichter.

Der Mann mit dem Seesack ließ sich vom Strom der Passanten treiben, warf dann und wann einen Blick in eines der Schaufenster, aber offenbar nicht, wie ein aufmerksamer Beobachter wahrscheinlich bemerkt hätte, um die dort ausgestellten Waren zu betrachten, sondern im Spiegeln der Scheiben sich selbst.

Ein Bettler, ein Mann in schmuddeligem Mantel, streckte den Passanten die Hände hin – die meisten beachteten ihn nicht und gingen einfach weiter.

An der großen Normaluhr gegenüber der Stiftskirche war es genau Viertel nach fünf. Der Kirchturm warf einen breiten Schatten quer über die Straße. Der Mann mit dem Seesack, er hatte im Gehen eine Zigarette angeraucht, tat noch einen letzten Zug, ließ die Zigarette dann fallen und wandte sich entschlossen dem vieltürigen Eingang des Kaufhauses zu, das da steht.

Während der Mann den Eingang passierte und an den dort postierten Wächtern in ihren Uniformen vorbeiging, nahm er den Seesack, den er an den Schnüren über die Schulter gehängt trug, ein wenig fester an sich.

Im Durcheinander des Parterres mit seinen Wühltischen und den Billigangeboten, die an Ständern, einer hinter dem anderen sich reihend, aufgehängt waren, im

Gedudel der hier besonders lauten Musik hielt er sich nicht auf, er ging gleich zur Rolltreppe, fuhr nach oben, wechselte im ersten Stockwerk die Rolltreppe und fuhr weiter. Seine Aufmerksamkeit galt offenbar nicht den Waren. Was suchte er?

Das Kaufhaus hat vier Stockwerke, dazu ein ebenfalls zu Verkaufszwecken genutztes Untergeschoß. Es befindet sich im Besitz einer internationalen Kette und offeriert genau das ein wenig gehobene und spezielle Warenangebot, das seine Kunden von ihm erwarten.

Der zweite Stock liegt zentral, befindet sich etwa in der Mitte des Gebäudes. Aus diesem Grund sind hier wohl auch die Kundentoiletten untergebracht. Hinweispfeile verweisen auf sie.

Man betritt die Toiletten über den Absatz einer Fluchttreppe. Der Absatz bildet etwas wie einen kleinen Vorplatz. Im Vorbeigehen kann man einen Blick in das staubige, so gut wie nie benützte Treppenhaus der Fluchtstiege werfen.

Der Mann mit dem Seesack war jetzt in der Toilette verschwunden; dann, kurz darauf, kam er wieder in die Verkaufszone zurück.

Gleich darauf fuhr er nach unten und trat aus dem Kaufhaus wieder auf die Straße.

Er verließ das Kaufhaus, umgeben und begleitet von anderen Leuten, die etwas gekauft oder nicht gekauft hatten, die mit ihm, rechts und links von ihm, auf die Straße und in den Abend hinaustraten.

*

Während der Mann mit dem Seesack all diese Wege unternommen und zurückgelegt hatte, war sein früherer Begleiter, der feiste und untersetzte Mann, durch etliche Gassen zum Bahnhof Wien Mitte gegangen, hatte sich unter den dort abgestellten Autos eines ausgesucht, das aussah, als würde es schon lang da stehen, und hatte es rasch aufgebrochen.

Bei Autoeinbrüchen kommt es darauf an, alle Handgriffe so auszuführen, als wären sie selbstverständlich.

Bald darauf hatte der Mann sich mit dem gestohlenen Wagen in den Abendverkehr eingeordnet.

Von Wien Mitte aus führt ein Schnellbahnzubringer zum Flughafen, und viele, die die hohen Parkgebühren in den Flughafenparkhäusern vermeiden wollen, versuchen, ihr Auto noch in der Stadt loszuwerden. Solche Autos parken dann oft wochenlang.

Nachdem er sich vergewissert hatte, daß genug Benzin im Tank war, fuhr der Mann zügig, aber nicht allzu schnell dahin, drängelte sich nirgends vor. An einer Kreuzung – da war er mit dem Wagen schon in der Nähe der Mariahilfer Straße – ließ er gar mit freundlichem Winken den Querverkehr aus der Seitengasse vor ihm her einfahren.

Er machte halt in der Querstraße hinter dem Kaufhaus, in dem der andere sich aufgehalten hatte und das er wohl jetzt gerade eben durch den Vorder- und Haupteingang wieder verließ.

Der Untersetzte schaute kurz auf seine Armbanduhr. Ihr Zifferblatt war rund, und die Ziffern glosten im dämmrigen Autoinneren. – Hier, in der dunklen und engen Straße, staute sich der an- und abflutende Verkehr.

In den Häusern ringsum befanden sich wahrscheinlich bloß noch Büros, niemand wohnte mehr da. Indem der Mann sich geschickt in der zweiten Spur hielt, einmal den einen von innen, den anderen außen an sich vorbeifahren ließ, bewahrte er sich Spielraum und die Aussicht auf freie Fahrt.

Währenddessen hatte sich der Mann mit dem Seesack in einer öffentlichen Toilette wieder umgezogen und rückverwandelt. Er strich sein kurzgeschorenes schwarzes Haar glatt, das an den Schläfen schon silbrig zu werden begann. Er war dann auf direktem Weg in die Wohnung im Schlachthausviertel zurückgekehrt und zog, kaum daß er sich im Vorzimmer des Seesacks entledigt hatte, Schaft und Lauf eines zerlegbaren Gewehres daraus hervor, eine halbautomatische Waffe, eine sogenannte *take down rifle*.

Während er zuvor geradezu gelöst, wie ein durchreisender Tourist etwa, die Mariahilfer Straße wieder hinuntergeschlendert war, in die Richtung, aus der er gekommen – auch der sperrige Seesack hatte ihn dabei offenbar so gar nicht gestört –, war der andere, der Dicke, durch das dichtverbaute Viertel, das sich parallell zur Mariahilfer Straße hinzieht, flott stadtauswärts gefahren. Im Umkreis des Westbahnhofs suchte er eine Parklücke, und als er eine entdeckt hatte, stellte er das Auto ab, legte den Zündschlüssel ins Handschuhfach, stieg aus und ging davon.

*

Der Dicke befand sich jetzt in einem ganz anderen Stadtteil, er hatte wohl die U-Bahn benutzt, so rasch und in so kurzer Zeit hatte er den Ort gewechselt: In einer Bar, einem Imbißlokal in der Nähe der Oper, setzte er sich allein an einen Tisch und bestellte Bier. Die Sonne schien immer noch auftrumpfend durch die Fenster des Lokals, dessen Tür zur Straße hin weit offen stand. Passanten gingen vorbei.

Immer wieder einmal trat der Wirt unter die Tür und schaute, die breiten Aufschläge seines Anzugs richtend, auf die Straße hinaus.

»Schöner Abend, was?!« meinte er.

Der Dicke beachtete ihn nicht. In tiefen Zügen trank er sein Bier, bestellte ein zweites und einen doppelten Schnaps dazu.

Dann wechselte er in ein anderes Lokal; und dann wieder in ein anderes, und überall war der Vorgang der gleiche.

Einmal ging er austreten und schaute sich vor dem Waschtisch stehend in den Spiegel. – »Du gottverdammter Idiot!« sagte er leise und angewidert zu sich.

*

In der Wohnung in der Schlachthausgasse läutete das Telefon. Der Dunkelhaarige, er war reglos, die Beine auf den Sitz heraufgezogen, die Arme um die Knie geschlungen, auf einem Stuhl gesessen, war mit einem Sprung am Apparat und hob ab.

»Alex?«

»Ja.«

»Ich bin schon in der Wohnung.«

»Ich trink' noch eins.«

»Arschloch!«

*

Gegen zehn, die Leuchtkörper der Straßenbeleuchtung unterschieden sich schon deutlich von der sie umgebenden, jetzt völlig dunklen und lautlos flutenden Abendluft – hin und wieder nur rasselte in der Ferne eine Straßenbahn vorbei –, trat der Dicke umständlich in den Flur und dann in das dunkle, nur vom Schimmer eines Fernsehers erhellte Wohnzimmer.

Der andere, der Schwarzhaarige, von dem der Hereintretende im Halbdunkel nur die Silhouette sehen konnte, saß vorgebeugt da – offenbar schaute er fern.

»Na, wie sieht's denn aus?« fragte der Dicke aufgeräumt.

Der andere reagierte indes nicht, das heißt, er schaltete mit einem Knopfdruck via Fernbedienung den Fernseher aus. – Jetzt war es fast vollkommen dunkel im Zimmer.

»Du hast ja so recht! – Es tut mir leid.« – Der Dicke sagte es bedauernd, wenn auch ein wenig pflichtschuldig.

Im Vorübergehen nahm er sich von einem Stuhl eine Decke und ließ sich auf eine an der Wand stehende Couch fallen. Er rollte sich ein und drehte sich mit dem Gesicht der Wand zu.

»Wozu die Decke?«

»Mir ist kalt.«

»Kalt ist dir?«

»Wie ist es denn so gelaufen?« fragte der Dicke nach einer Weile, indem er sich geräuschvoll wieder herdrehte. »Alles paletti?«

Der Dunkelhaarige war da schon aufgestanden, er drehte jetzt das Licht an und schaute auf den anderen herunter.

»Mein einziges Unglück ist, daß ich mich mit einem Kerl wie dir eingelassen habe.«

*

Am nächsten Morgen frühstückten die beiden Männer in der Küche. Durch die Fenster hinausdeutend, meinte der Schwarzhaarige, ob sie nicht einen Ausflug machen sollten? In den Prater vielleicht?

»Du immer mit deinen Ausflügen!« erwiderte der andere.

»Dir paßt das nicht, was?«

Sie saßen in Unterhosen da. Der Dicke, der am Vorabend bald nach ihrer Auseinandersetzung eingeschlafen war – im übrigen sah er weit älter und verbrauchter aus als der andere –, holte eine Flasche aus dem Küchenschrank her und schenkte sich ein.

Sein schon fahl und dürftig gewordenes Haar trug er für gewöhnlich wohl nach hinten gekämmt. Vermutlich legte er es in Bahnen.

»Die Haare verliere ich auch«, sagte er und faßte dabei nach den jetzt ungeordnet herunterhängenden, blonden Strähnen.

»Wie war es denn so in deiner Kinderzeit?« fragte der andere, der Schwarzhaarige da überraschend, auch ein wenig lauernd, und lehnte sich in Erwartung einer Antwort gemütlich zurück.

»Dick war ich, schrecklich fett! Fressen war ja unsere einzige Religion – dort, wo ich herkomme. Deshalb bin ich dann später ja so etwas wie ein feiner Herr geworden.«

»Und sonst?«

»Zur Schule! Ich war nämlich hell auf der Platte.« Der Dicke strahlte den anderen an – eher schon war es eine Grimasse –, aber der entgegnete nichts.

Eine Zeitlang saßen sie einander schweigend gegenüber.

»Woran denkst du?« fragte der Dicke.

»Als ich klein war, da dachte ich immer, das Leben ist schön. Daß ich einmal ein großer Mann werden würde. Daß ich alles erreichen könnte; was immer ich auch wollte.«

»Und jetzt?«

»Jetzt denke ich nicht mehr so. Es gibt keine Gerechtigkeit. Und doch muß man gerecht sein. So ist das.«

Der Dicke fuhr sich mit der Hand über den Mund und schaute den anderen groß an: Was war das denn nur wieder?

Er beschloß zu lächeln.

»Ich wollte immer bloß reich werden«, sagte er.

*

Der Dunkle stand auf und trat ans Fenster: Den Vorhang leis mit dem Finger lüftend, schaute kurz er auf die Straße hinunter.

»Du brauchst keine Angst zu haben«, sagte der Dicke da gutmütig. »Von uns beiden weiß doch keiner was.«

*

Der Dicke bearbeitete im Badezimmer sein Gesicht mit kaltem Wasser, während der andere, sein Kamerad, neben ihm vor dem Badezimmerspiegel stehend, sich peinlich genau rasierte.

Sie gingen nicht aus.

Die Tage verbrachten sie in der Wohnung, bei heruntergelassenen Jalousien, was bei der herrschenden Witterung nicht weiter auffällig war.

Die meiste Zeit lagen sie im Bett, in dem ans Wohnzimmer anschließenden Kabinett.

*

»Da ist Max Mara, nicht wahr?« sagte der Dicke, »und da, hinter den Säulen« – er zeigte es mit dem Kugelschreiber –, »da ist Burberry's – obwohl sie im Großen und Ganzen jetzt nur Herbstware führen.«

»Teuer genug!« – Der Dunkle fuhr sich nachdenklich übers Kinn, er zog die Stirn ein wenig kraus.

»Du wirst es schon schaffen«, meinte der Dicke abschließend und wieder so, als könnte er auch selber eine Ermunterung brauchen, »du kriegst das schon hin.«

*

»Da haben wir Lacoste. Da Levi. Da Klein. Da La Perla. – Und das – das ist Palmers – die Unterwäsche.«

»Aber das wissen wir doch!«

Der Dicke ließ nicht locker.

»Es gibt ja zwei Kassen auf jedem Stockwerk.« Der Dicke deutete wieder mit dem Kugelschreiber. »Wieviel's wohl sein wird?«

Er verzog den Mund zu einem halben Lächeln.

»Du wirst sehr fix sein müssen.«

*

Abends, vor dem Einschlafen – sie lagen nebeneinander im Bett – sagte der Dicke, mühsam sich aufrichtend und auf den Ellbogen aufstützend, mit heiserer und schon ein wenig schlaftrunkener Stimme: »Ich bin dir so dankbar, Paul. Du weißt gar nicht, wie sehr.«

»Wofür denn?«

»Dafür, daß du da bist. Daß es dich gibt.«

»Ich brauch' dich doch«, sagte der.

»Aber ich – ich liebe dich.«

»Eben.«

Für einen Augenblick sah es so aus, als wollte der Dunkelhaarige dem anderen etwas sagen, etwas anvertrauen – etwas gestehen vielleicht. Doch dann sagte er doch nichts, wandte sich ab und zog sich mit einem Ruck die Decke über den Kopf.

*

»Ich bin doch nur ein Vollstrecker. Mach' meinen Job. Was kann ich schon dafür?!« – Es war wieder in der Küche, beim Frühstück. Der Dicke futterte ausgiebig, er hatte sich die Flasche hergeholt und ordentlich eingeschenkt.

»Wenn wir das Geld doch schon hätten!« – Mit der erhobenen Hand machte er eine vage Bewegung in der Luft.

»Das einzige, was mich irritiert: Ich schäme mich. Ja, ich schäme mich – leider.«

*

Sie lagen der Länge nach auf dem Boden, einander gegenüber, Pläne und diverse Skizzen waren zwischen ihnen ausgebreitet.

Was hatte der andere gesagt?

Dachte der überhaupt etwas? War der überhaupt da?

Überheblich. Aufbrausend. Weiß immer alles besser.

Schwer zu verstehen, was der sich dachte. Ob er sich echt was dachte oder einfach nur so … einem irgendwas vormachte?

Es war schwer mit Paul. Und doch wieder …

Er hatte sich hergebeugt.

*

»Von Kassa eins zu Kassa zwei solltest du nicht mehr als eine Minute brauchen.«

»Es wird schnell gehen müssen, sehr schnell.«

*

»Und was wirst du anfangen?«

»Ich werde ein herrliches Leben haben! – Komm doch mit! Komm doch einfach mit.«

»Ich weiß nicht.«

»Vielleicht kommst du ja mit?«

*

»Fünfzig pro Etage. – Siebzig vielleicht? – Das macht – sechs Mal siebzig – das macht vierhundertzwanzig – bei sechs Etagen. – Das ist bestimmt zu wenig. Das ist viel zu wenig.«

»Tausend vielleicht?«

»Zweitausend?«

»Es müssen mehr sein.«

»Viel mehr.«

*

»Morgen? Übermorgen?«

»Wenn du den heutigen Tag noch dazurechnest?« – Paul lief leichtfüßig die Stufen hinunter, es hallte im Stiegenhaus; Alexander stieg schwerfällig hinterdrein.

»Was meinst du?«, fragte Paul, als sie nebeneinander vor dem Haus unter der bereits entzündeten Torlampe standen.

»Ich nehme Brillantine – Brillantine, siehst du!«

»Ah!«

»So kann keins meiner Haare herunterfallen, und sie finden uns nie.«

Jäh änderte sich jetzt Pauls Miene. Er spuckte aus.

Schweigend gingen sie nebeneinander die Straße hinunter.

»Es wird doch alles bald vorbei sein«, meinte Alexander beschwichtigend. »Dann können wir uns auch wieder am Tag sehen lassen, was?«

Mittlerweile waren sie an der Lände des Donaukanals angelangt und schauten zu den Hochhäusern am anderen Ufer hinüber.

*

Anderntags waren sie gegen zehn Uhr schon unterwegs. In dem kleinen Park vor dem Haus saß auf einer der Bänke eine junge Mutter und wickelte gerade ihr Baby. Es lag auf dem Rücken und strampelte mit den nackten Beinen. Die kleinen Fußsohlen sahen rosig und weich aus.

Flüchtig schauten die beiden hin.

Mit der U-Bahn zur Stadt.

Sie hatten vor, in einer Bank mehrere Konten zu eröffnen.

In der Sache war Alexander zuständig: An einem der Stehpulte in der Halle füllte er Schein um Schein aus. Sein Gesicht war aufmerksam und konzentriert.

Paul stand neben ihm, sah ihm zu und wippte mit dem Fuß.

*

»Da fällt mir ein: Wir müssen Daueraufträge für Miete, für Strom und all sowas einrichten.«

»Wolltest du nicht in Wien bleiben?«

»Ich weiß nicht.«

»Du kommst mit? Kommst du mit?«

*

»Wenn ich rund um den Bahnhof nichts Passendes finde, gibt es eine zweite Möglichkeit.«

»Und die wäre?«

»Du kennst doch die Versicherungshochhäuser auf der anderen Seite. Am Kanal? – Es gibt immer Kunden, die es eilig haben. Die stellen ihr Auto nur schnell einmal ab. Die fahren gar nicht erst in die Tiefgarage hinunter.«

*

Draußen war ein regnerischer Tag; stürmische Böen schlugen gegen die Fenster.

Am Himmel zogen schnell fliegende, bald flockig oder nebelhaft sich blähende Wolken, die momentweise stillzustehen schienen, schwarz vor bleichem Grund. Flecken. – Von der Wohnung aus konnte man vom Himmel allerdings nur einen schmalen Streifen sehen.

»Morgen wird ein schöner Tag.«

»Ein guter Tag, ja.«

*

Alexander zog Gummihandschuhe an und bürstete jedes Kleidungsstück einzeln aus.

Paul stand daneben und schaute zu.

»Wozu soll das denn gut sein?«

Alex polierte die Gürtelschnalle der Hose, die Paul anziehen sollte, bis sie glänzte.

Schuheputzen.

Ledersohlen – die Rillen, die unten am Sohlenrand parallel zur Außenkante herumführen.

»Kann auch was drin sein.«

Paul schüttelte den Kopf, aber Alex, vertieft und engagiert wie er war, ließ von seinen Bemühungen nicht ab.

Und jetzt war es vier Uhr.

*

Nebeneinander gingen sie die Gasse hinunter. War es wegen der Hitze? Heute war kein Mensch zu sehen.

Statt linkerhand schwenkten Paul und Alexander diesmal rechterhand ab. Sie verabschiedeten sich voneinander mit einem Kopfnicken.

Dann gaben sie einander doch noch kurz die Hand.

Pauls Gesicht war ruhig und gefaßt. Alex? Nun, der sah ein wenig übernächtigt, gedunsen, im übrigen aber mächtig aufgekratzt aus. – Ein wenig zu gut aufgelegt vielleicht.

Paul verschwand mit seinem Seesack in der Querstraße, während Alexander wie verabredet die Gasse entlang weiterging.

Die Beatrixgasse verläuft etwa in west-östlicher Richtung; so war sie um diese Stunde fast schattenlos. Alexander ging langsam, vor der Sonne war ohnehin kein Entkommen, nicht einmal aus den da und dort offenstehenden Haustoren drang ein Hauch Kühle.

Im Hotel verlief unterdessen alles reibungslos. Eine Reisegruppe war eben dabei einzuchecken. So erübrigte es sich, die Komödie um den angeblich erwarteten Hotelgast zu spielen. Paul schlüpfte, von den lebhaft durcheinanderredenden Gästen und ihren auf mehrere Gepäckwagen aufgeschichteten Koffern gedeckt, unbemerkt in die Toilette.

Den Seesack stellte er vorsichtig ab. Beim Aufstellen klirrte es leise. – Die Perücke! – Jetzt der Schminkstift!

Wie hat Alex bei der Anprobe nur gesagt? – Hübsch siehst du aus!

Jemand trat in die Toilette herein.

Paul hörte in seiner Kabine, wie der Hereingekommene in die Schale pißte, hörte, wie er den Reißverschluß wieder zuzog. – Beim Pissen war ihm ein leiser Furz entfahren.

Die Spülung rauschte.

Paul trat aus der Kabine, dann aus der Toilette.

Neben der Tür, vor dem großen Wandspiegel, stand ein Herr. Er richtete gerade seine Krawatte, er schien mit ihrem Sitz nicht zufrieden zu sein. – Paul beachtete er nicht.

Langsam schlenderte der durch die Halle. Verstohlen warf er über die Schulter einen Blick zurück, zum Eingang der Toilette, wo der Herr jetzt vor dem Spiegel seine Manschetten zurechtzog.

Dreiviertel fünf. – Aus der U-Bahnstation am Schwedenplatz kamen viele Leute herauf. Vor dem Eissalon an der Ecke war ein regelrechter Auflauf.

Ein Blick auf die Uhr noch.

Paul spürte, wie ihm unter der Perücke der Schweiß ausbrach.

Nicht!

Er blieb stehen, stellte den Seesack auf ein die Grünanlage einfassendes Mäuerchen.

Das Make-up um die Lippen war jedenfalls noch trocken. – Er hatte sich mit der Hand beiläufig ans Kinn gefaßt.

Alex war mittlerweile bis an die Landstraße vorgegangen. Richtung Bahnhof. – Er kämmte die kleinen Gassen rechts und links ab. Gerade heute wurde da ein Baugerüst aufgestellt.

Ein hoch oben am Ende einer Leiter stehender Arbeiter schlug Haken ein.

Alex durchquerte die stark frequentierte Bahnhofshalle, ging dann einen langen, von Imbißständen gesäumten, ihm jetzt, im Vergleich zur Sonnenhelligkeit draußen beinah finster vorkommenden Gang hinunter.

Er keuchte. Ihm kam vor, als müßte er sich jeden Moment übergeben.

Auf den Parkplatz hinter dem Bahnhof kaum Autos.

In einem der Autos schmuste ein Liebespaar.

Alex ging um den Platz herum. Als könnte er durch das Herumgehen die Autos vermehren.

Jetzt begann ihm der Schweiß übers Gesicht zu laufen.

Auf dem Fußgängersteg über den Wienfluß.

Auf der anderen Seite zwischen zwei Gebäuden durch, die nicht parallel zueinander standen, was ihm jetzt zum ersten Mal auffiel. Sie standen irgendwie in schiefem Winkel zueinander.

Auf der Lände gegenüber, im prallen Sonnenlicht: ein Mann und ein Auto.

Das war das richtige Auto!

Mit einer zweiten Stimme warf er sich gleich vor, daß er keinerlei Begründung für diese Gewißheit hatte. Eine dritte Stimme kicherte jetzt in seinem Kopf los.

Alex ging an dem Mann und dem Auto vorbei.

Weiter unten in der Straße wandte er sich um. – Fett und schwitzend, der Mann neben dem Auto, mit rot angelaufenem Gesicht: Er hatte eben eine Aktentasche aus dem Fond des Autos gezogen.

Zehn vor fünf. Hoffentlich trifft er in den Büros oben noch jemand an. Wird einen Termin haben.

Alex war schon neben dem Auto.

*

Paul war die Mariahilfer Straße hinaufgegangen. Die Schnüre des Seesacks schnitten in die Schulter ein.

Trotz der Hitze waren jede Menge Leute unterwegs. Gut so. Beinah der gewöhnliche Betrieb.

Die Bäumchen da.

Das Licht in den Zweigen.

Wo Alex jetzt war?

Zigarette. Ein paar schnelle Züge. Vom Schatten ins Licht hinüber. Paul überquerte die Straße und trat ein.

*

Schon auf der Höhe der Marienbrücke bewegte sich die Kolonne nur langsam vorwärts. Sollte er die rechte oder die linke Spur nehmen? – Fünf Uhr zehn. Alex blickte auf seine Armbanduhr. – Die große Uhr an der Ecke vorn zeigte dieselbe Zeit.

Alex versuchte die Zahl der Autos zu schätzen, die noch vor ihm standen, ihn von Brückenauffahrt trennten.

Quälend langsam ging alles.

Auf der Brücke war es zu einem kleinen Unfall gekommen. Ein paar Leute standen herum. Ein Polizist winkte. – Geradeaus jetzt, die leicht ansteigende und weiter oben halb im Schatten liegende Straße hinauf.

Häuser und Schatten.

Schnell!

*

Im ersten Stock eröffnete Paul, ohne sich um die Kassen, und was dort vorging, zu kümmern, sofort das Feuer.

Noch in der Vorwärtsbewegung von der Rolltreppe her hatte er schon Schaft und Lauf des Gewehrs heraus – klacks! – und er schoß.

Es ging ganz einfach.

Mehrere, die hinfielen.

Plumps!

Ein Mann.

Mitten ins Gesicht.

Drüben.

Noch ein paar. – Und mehr.

Liefen.

Stolperten.

»Das ist der Krieg!« rief Paul, so laut er konnte – »Der Krieg!«

Drauf auf sie.
Und Schluß jetzt!

Paul war jetzt richtig wütend geworden.

Er lief, und es kam ihm sehr schnell vor, dieses Laufen, obwohl er doch tatsächlich nur ein paar größere Schritte tat.

Dahin?

Dorthin?

Schwer, zu entscheiden.

Es waren so viele.

Er beugte sich über die Waffe. Krümmte sich. Hielt das Gewehr jetzt mit beiden Händen.

Na, wartet, ihr Schweine!

Doch einen Augenblick später mißbilligte er schon, was ihm durch den Kopf gegangen war.

Nein. Nicht so.

Es war nichts Privates. Es war öffentlich.

So schieß' doch endlich!

»Das ist der Krieg!«

Über eine Schnelle, über einen Wirbel hinunter.

Die Kleider an ihren Bügeln.

Pullover in Stößen.

Weiße Wäsche.

*

Hinter einer der Kassen standen, mit erhobenen Händen, die Kassiererinnen. Paul zählte sie flüchtig ab. Deutete ihnen mit dem Lauf: Vorkommen!

Es sah aus, als wollte er die Frauen mit seinem Herumgefuchtel dazu bringen, die Losung, das Geld einzupacken.

Da fiel ihm, ehe er schoß, Alex ein.

*

Gingen und liefen herum. Liefen kreuz und quer. Torkelten.

Ahnungslos, kam ihm, gegen jede Vernunft, vor. Dummköpfe.

Krabbelten noch.

Er grinste.

Heute war ja doch der erste Tag auf der Welt!

Schad', daß es auch der letzte sein mußte.

*

Meine Ohren müssen zugefallen gewesen sein. Hab' rein gar nichts gehört. Stille. Rein gar nichts. – Eine ganze Weile hatte er nichts gehört.

Jetzt hörte er wieder.

Das hatten sie davon.

So.

Obwohl die Leute vor ihm auseinanderstoben, ließ er das Gewehr jetzt sinken: Damit es weniger auffiel.

So.

Jetzt nur nicht schlappmachen!

Schießen.

»Ich will euch doch nichts Böses«, sagte er gedankenschwer zu den Toten, die herumlagen. Er murmelte mehr, als daß er etwas Hörbares gesagt hätte. Die Toten lagen auf dem Spannteppich, zur Treppe hinaus.

Er warf einen schnellen, verstohlenen Blick zu den Kassen zurück, wo niemand mehr war.

Alles war leer.

*

Die Treppe hinunter.

*

Alex!

Paul sah, wie Alex den Wagen sorgfältig und doch wieder zügig zu ihm herüberlenkte, im Inneren schon nach dem Türgriff an der anderen Seite langte – und ihm dabei breit zulächelte.

»Wo ist das Geld?«

»Ich hab's nicht. Tut mir leid.«

»Wie bitte?«

»Wisch' dir das Gesicht ab!! Wisch' dir wenigstens das Gesicht ab!«

Als Paul die Perücke herunterzog – sie stank fürchterlich.

Die Brillen?

Alex hielt das Lenkrad fest mit beiden Händen.

Da vorn stand, quergestellt, ein Wagen.

*

Sie liefen.

Alex voran. – Was der laufen konnte!

*

Sie erschossen Paul, schossen ihn glatt in den Rücken. Auch von vorn waren Polizisten gekommen.

Die Straße war sehr schmal da, mit düsteren Häusern.

Fahl. Sonne.

Dämmerung.

Paul fiel aufs Gesicht und spürte noch, wie glatt der Asphalt war.

»Bescheißert hat er mich, der Arsch – hat mich reingelegt, der Trottel!« schrie Alexander immer wieder, er war außer sich.

Das war schon auf der Wache.

Weil er so tobte und herumbrüllte, legten sie ihm Handschellen an.

»Schnauze!«

Ein Fußtritt noch.

Da faßte er sich – als sei er plötzlich wach geworden – und sagte zu den um ihn herumstehenden Polizisten mit leiser, eindringlicher Stimme: »Aber warum – warum habt ihr ihn nur umgelegt?«

Dann schlug er die Hände vors Gesicht, Tränen liefen ihm herunter, ein Krampf schüttelte ihn.

Was, um Himmels willen, hat der Fettsack mit seiner dämlichen Frage nur gemeint?

Walter Kappacher
Der Fliegenpalast

Walter Kappacher gibt Hugo von Hofmannsthal eine Stimme, einen Ton, als er selbst keinen hat – ein faszinierendes literarisches Solo.

FAZ

Kappacher schreibt ein ungespreiztes, zart antiquiertes, nie auf die Pointe schielendes, wunderbares Deutsch. Man kann es nicht imitieren. Stil ist Charakter. Wer wie Kappacher schreiben wollte, müsste Kappacher sein. Dass es ihn gibt, ist ein seltenes und großes Glück für die deutsche Literatur.

Süddeutsche Zeitung

Es ist fasznierend zu lesen, mit welcher Leichtigkeit es Kappacher gelingt, diese Krise in ein atmosphärisch dichtes Landschafts- und Zeitbild zu platzieren, dabei (mitunter ironische) Distanz zum historischen Vorbild zu wahren und zugleich hohe Präzision obwalten zu lassen.

Die Presse

autor**in**residenz

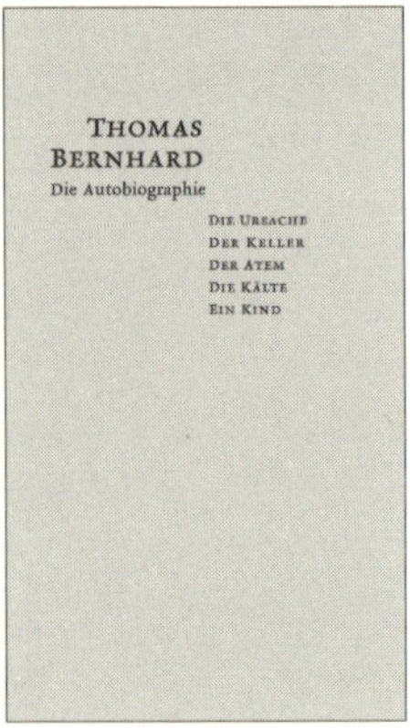

Thomas Bernhard
Die Autobiographie
Die Ursache / Der Keller /
Der Atem / Die Kälte / Ein Kind

Einzigartig und einmalig: die autobiographischen Erzählungen Thomas Bernhards in einem Band!

»Die Ursache« und ihre Folgen: In fünf Erzählungen zwischen Dichtung und Wahrheit legt Thomas Bernhard offen, wie er der Schrifsteller wurde, der er war – von der Kindheit über die Internatszeit in Salzburg, die Lehre und das Studium bis zur Isolation des Achtzehnjährigen in einer Lungenheilstätte. Wer die Welt des Thomas Bernhard vestehen will, findet hier den Schlüssel: »Das ist die Geschichte eines jungen Menschen, auf dem eigentlich nur herumgetrampelt worden ist, sei es von Seiten der Stadt, ihrer Bewohner, der Verwandtschaft, ganz gleich.« (Thomas Bernhard)